Drachen küssen heißer

Eine Fantasy-Liebesgeschichte

von

Hannah Bergauf

Herstellung und Verlag:
BoD - Books on Demand, Norderstedt
ISBN 978-3-7412-9099-2

Aus der Drachenwandler-Saga bereits erschienen:

Drachen küssen heißer
Drachen lieben tiefer
Drachen begehren feuriger
Drachen fühlen flammender

Bereits veröffentlichte Drachenwandler-Kurzgeschichten:

Drachen leben wilder
Drachen leben auf 2Rädern
Drachen leben mit Musik

Inhalt

1. Tom – Drachen-Outing ... 5
2. Quetzal – Verlust ... 11
3. Tom – Auf den ersten Blick ... 19
4. Quetzal – Lapislazuliblitzen ... 30
5. Tom – Die andere Seite des Drachen ... 37
6. Quetzal – Menschliche Schule ... 44
7. Tom – Meine Freunde ... 51
8. Quetzal – Drachen und Menschen ... 57
9. Tom – Zurückhalten ... 65
10. Quetzal – Brandfälle ... 71
11. Tom – In seinen Armen ... 76
12. Quetzal – Drache-Mensch-Verbindungen ... 84
13. Tom – Zusammengehörig ... 90
14. Quetzal – Verlust und Wut ... 95
15. Tom – Kirmes ... 102
16. Quetzal – Das Raubtier in mir ... 110
17. Tom – Ein Teil von ihm, ein Teil von mir! ... 115
18. Quetzal – Deiner! Meiner! ... 120
18. Tom – Herzschmerz ... 125
19. Quetzal – Heißes Blut, schmerzende Knochen ... 133
19. Tom – Mein Drache ... 138
20. Quetzal – Ein Zeuge? ... 142
21. Tom – Vertrauen ... 148
22. Quetzal – Krankenhausszenen ... 153
23. Tom – Lügen? Ausraster? ... 160

1. Tom – Drachen-Outing

Solange ich mich erinnern kann, habe ich mit meinen Eltern in einem kleinen Haus in einem Tal am Stadtrand gewohnt. Er war nicht groß, aber es gab genügend Platz für meine Eltern, Anna und Joachim Schneider, für mich, Tom Schneider und sogar noch für das ein oder andere Pflegekind, das bei uns untergebracht wurde. Ein abgelegenes

Haus, was auch heißt, nicht immer gutes Internet, kein Kabelanschluss, nur eine Satellitenschüssel, ergo kein Empfang bei Sturm. Mein Vater war sehr sportlich, sehr groß, an die zwei Meter und joggte jeden Tag noch bevor er zur Arbeit ging, sogar noch vor dem Frühstück. In Sachen Sportlichkeit konnte ich nie mit ihm mithalten und auch als Kind war ich eher etwas kleiner als die meisten anderen. Ein Anzeichen, dass ich später auch mit seiner Größe nicht würde mithalten können. Dafür habe ich jedoch sein blondes Haar und seine blauen Augen geerbt. Damit vereinen sich in mir wohl die Gene beider Familien, denn die Männer in der Familie meiner Mutter waren nie besonders groß, soweit ich sie kennen gelernt hatte oder es auf Fotos beurteilen konnte. Abgesehen von meiner körperlichen Größe habe ich von Mama äußerliche allerdings nichts geerbt. Ich bin wie mein Vater eher ein heller Typ, während Mama braune Locken, braune Augen und einen dunklen Teint hat. Ich war, wenn ich mich richtig erinnere, 12 Jahre alt, als meine Klassenlehrerin, Frau Klein, aufgeregt ins Klassenzimmer kam. Sie ist klein, selbst an den Maßstäben von Mamas Familie gemessen und ist bereits früh ergraut. Ich muss in der sechsten Klasse gewesen sein. An jenem Tag kam Frau Klein nicht nur aufgeregt, sondern auch einige Folien schwenkend in den Klassenraum. Mein bester Freund Marius stieß mich nervös von der Seite an, denn sonst war Frau Klein immer die Ruhe in Person. Sam unser Klassensprecher war bereits dabei den Overheadprojektor vorzubereiten.

„Kinder, ...", sprach Frau Klein und klang vollkommen außer Atem. Ich hatte mich gefragt, ob sie so gerannt war, oder ob es einfach nur die Aufregung war. Vielleicht auch beides! Jedenfalls wirkte es schon seltsam, dass sie uns Kinder nannte. „… heute wird sich die Welt verändern."

Marius und ich blickten uns an. An seinem Blick erkannte ich, dass er genau wie ich auf den Knall wartete, der uns eine Erklärung liefern würde. Frau Klein räusperte sich, damit alle zuhören würden und legte die erste Folien auf den Projektor. Es war das Titelblatt der Tageszeitung, wie ich am Datum erkennen konnte, was mir

zugegebenermaßen erst später auffiel, denn etwas anderes fesselte meine Aufmerksamkeit. Die Seite wurde vollkommen von einem riesigen Artikel eingenommen. Es machte fast den Eindruck als gäbe es in der Ausgabe dieser Zeitung keine anderen Artikel mehr. Das Titelbild bestand aus zwei Schnappschüssen, die direkt nebeneinander abgedruckt waren und fast wie ein Bild erschienen. Links war ein hübscher, junger Mann mit gebräunter Haut abgebildet. Ich hätte ihn für einen ganz normalen Menschen halten können, wenn die Augen nicht wie orangerote Flammen ausgesehen hätten. Wow! Das war irgendwie unheimlich und beeindruckend zugleich. Der andere Teil des Bildes stellte ein Wesen dar, dass ich nur aus Büchern und Filmen kannte und doch etwas anders aussah. Es war eine Echse. Am ehesten erinnerte es mich an eine Waranart, auf deren Namen ich jetzt nicht komme. Einen Unterschied gab es jedoch. Der Körper war von orangen Schuppen übersät und der größte Unterschied waren die halbgefalteten Gliedmaßen auf dem Rücken der Kreatur. Ich erkannte nur, dass es Flügel waren, weil sie nicht komplett auf dem Rücken zusammengefaltet waren. Es sah aus wie ein Foto, aber das konnte nicht sein. Ich riss mich von dem zweigeteilten Bild los, um zu lesen was dort stand, denn ich wollte wissen was das zu bedeuten hatte. Kleingedruckt stand darunter: ``Die zwei Gestalten des Franz Leibing, Sprecher der internationalen Drachenorganisation "LIS – Linguis Igneis" (dt. Zungen aus Flammen)´´
Die Schlagzeile selbst lautete: ``Drachen: Aus Fantasie wird Realität.´´ Etwas kleiner gedruckt stand darunter: ``Am heutigen Mittag Live-Coming-out im ZDF. Wiederholungssendung am Abend.´´
„Wir sollten vorher darüber reden.", erklärte Frau Klein ernst. „Heute Mittag in der Aula wird ein anderer Drache sich uns vorstellen und mit dem Direktor sprechen."

In der Aula war es so ruhig, wie ich es noch nie erlebt hatte. Alle waren gespannt was nun kommen würde. Schon in der Frühstückspause hatten sämtliche Schüler über die Drachengeschichte gesprochen, aber bis zu diesem Zeitpunkt hatten wir eher mit einem

Scherz gerechnet, der vor dem Treffen in der Aula aufgedeckt werden würde. Nun waren wir hier und Zweifel an dieser Theorie mussten nicht nur an mir nagen. Ich fragte mich nun wie diese Drachen wohl waren, wenn es tatsächlich die Wahrheit war, als zwei Sessel auf die Bühne geschoben wurden. Ich hoffte ja auf so liebe Wesen wie Flitze Feuerzahn. Ich starrte ohne Unterbrechung auf jenen Mann, der nun auf die Bühne trat. Er sollte ein Drache sein? Ich war nicht sicher, weil ich die Augen nicht richtig sehen konnte. Dieser Mann wirkte unnatürlich gelassen und ähnlich schön, wie der Mann aus der Zeitung. Seine Augen waren fest auf unseren Direktor gerichtet, der sich in seiner Haut nicht sonderlich wohl zu fühlen schien. Der Mann – der Drache – war ungewöhnlich leger gekleidet, wenn man den Auftritt hier bedachte. Eine schlichte blaue Jeans, blaue Turnschuhe mit Klettverschluss und ein weites weißes T-Shirt. Letzteres zum Glück nicht auch noch blau.

„Herr Kushan … Das ist richtig?", begann Herr Herz, unser Direktor, zögerlich und nervös. Sein Gegenüber nickte minimal. „Ihre Art wurde Jahrhundert, wenn nicht sogar Jahrtausende lang für reine Fantasiewesen gehalten. Weshalb geben sie sich so plötzlich zu erkennen?"

Ich spürte förmlich wie alle anderen, ebenso wie ich die Luft anhielt, während wir den Drachen anstarrten und auf eine Antwort warteten. Ich fragte mich wie seine Stimme wohl klingen würde. Der Drache (?) lies sich Zeit mit seiner Antwort und schien über seine folgenden Worte genau nachzudenken. Raubtierzähne entdeckte ich keine: „Wir sind das Versteckspiel leid. Wir denken und hoffen, dass die Menschheit in der heutigen Zeit endlich dazu bereit ist uns zu akzeptieren."

Die Stimme klang erstaunlich menschlich. Ich hätte zumindest mit einem knurrenden Ton gerechnet, aber da war gar nichts. Er klang wie ein Mensch. Aber etwas veränderte sich dennoch. Seine Aura schien die gesamte Aula einzunehmen. Alles andere wirkte plötzlich ziemlich blass.

„Ich denke, dass die wohl wichtigste Frage, die vielen unserer Zuschauer auf dem Herzen liegt ihre Fähigkeit des Feuerspeiens ist, Herr Kushan. Ihnen ist wohl klar, dass solche … Kräfte eine Gefahr darstellen.", sprach der Schulleiter und rutschte unruhig in seinem Sessel hin und her, fast so als hätte er Angst, die Schule würde gleich in Flammen aufgehen.
Der Drache lächelte und seine Augen glühten unvermittelt auf, was sie rot und zuckend erscheinen lies.
„Wir speien Feuer.", sagte er kurz und bündig.
Sein Gesprächspartner wirkte nicht beruhigt und er tat mir nun richtig leid. Hastig fragte er nach: „Das heißt? Könnten sie das weiter ausführen?"
„Wir zünden nicht wahllos Gebäude oder Lebewesen an. Das Feuer steckt in uns, wärmt uns und auch die Junglinge, die noch nicht Feuer speien können. Es liegt uns fern ihnen zu schaden.", sprach der Drache weiter.
Ich fragte mich wie Drachen dieses Feuer einsetzen können, wie weit es wohl reichen würde, oder wie heiß es werden konnte. Das schien auch Herrn Herz zu interessieren, wie ich seiner nächsten Frage entnehmen konnte: „Würden sie uns verraten, wie stark und heiß ihr Feuer ist?"
„Nein!" Diese Absage schien unseren Direx komplett aus dem Konzept zu bringen. In dieser Situation sprach der Drache weiter: „Es ist wichtig, dass wir vorerst noch Vorsichtig mit solchen Informationen sind. Die Menschheit sollte jedoch wissen, dass ihr vor uns keine Angst zu haben braucht. Ein friedliches Miteinander ist unser Ziel." Herr Herz wirkte vollkommen konzeptlos und blätterte in seinen Notizen herum. „Wenn sie an das über 1000 Jahre alte Wesen, das ihnen gegenüber sitzt keine Fragen mehr haben, kann ich bestimmt einen Happen essen."
„Sie fressen aber nur weibliche Jungfrauen, oder?", rutschte es dem Schulleiter heraus und ich schnappte nach Luft.
„Sind sie etwa noch Jungfrau?", rief unerwartet eine Stimme irgendwo in der Aula.

Ich hätte nicht sagen können wer da gerufen hatte. Ich musste unwillkürlich lachen und den anderen Schülern ging es ähnlich. Unsere Aula hat fast gewackelt, so laut lachten wir. Selbst auf den Lippen des Drachen glaubte ich ein Schmunzeln zu erkennen. Allerdings nur einen winzigen Moment lang. Ich konnte mich auch getäuscht haben. Er wirkte so schnell wieder ernst, dass ich mir nicht sicher war, was ich gesehen hatte.

„Also, eigentlich liegt es uns fern Menschen zu töten.", sagte der Drache, nachdem das Gelächter abgeklungen war. „Außerdem heißt es bei uns, ebenso wie bei ihnen essen und nicht fressen. Wir sind keine wilden Tiere." Herr Herz schien sich immer noch nicht wohl zu fühlen, aber jetzt sah er immer wieder kurz zu den anderen Menschen. Es wirkte als ginge es ihm jetzt eher um die Zuschauer. „Tatsächlich essen wir hauptsächlich Fleisch. Wir töten keine Menschen. Sie essen doch auch Fleisch. Bei uns bildet es lediglich den Hauptanteil unseres Speiseplans. Wir vertragen viele andere Dinge nicht.", sprach der Drache weiter.

Ich fragte mich was Drachen wohl alles nicht essen konnten. Das schien auch unseren Direktor zu interessieren, wie ich seiner nächsten Frage entnehmen konnte: „Würden sie uns verraten, welche Dinge sie nicht vertragen?"

„Nein!", wieder eine eindeutige Absage.

Jetzt schien unser Direx seinen Faden endlich wieder gefunden zu haben und er fragte: „Gibt es noch andere Fantasiewesen, die nicht der Fantasie entsprungen sind?"

„Ich habe nicht die nötigen Vollmachten, um ihnen darauf eine Antwort zu geben."

Das Interview, wenn man es so nennen konnte, wurde fortgeführt. Etwa eine halbe Stunde, wie mir ein Blick auf die Uhr verriet.

Schließlich verabschiedete sich Herr Herz von dem Drachen, der sich erhob, aber keine Anstalten machte den Raum zu verlassen. Stattdessen konnten wir beobachten wie er sein Oberteil über den Kopf zog. Er zog sich weiter aus, bis auf die Boxershorts. Dann ging alles erstaunlich schnell. Ich hatte das Gefühl, dass sich die Haut seltsam spannte und sich bewegte. Rote Kanten schoben sich aus der Haut hinaus. Mein Herz klopfte hart vor Aufregung. So etwas zu sehen war einfach … wie soll ich sagen … Wow! Etwas anderes traf es nicht ganz. Ich konnte sehen, wie sich augenscheinlich die Kieferknochen zu bewegen schienen. Es ging zu schnell, um mehr zu erkennen. Es ging wirklich schnell und dann konnten wir einen roten Drachen sehen. Abgesehen von der Farbe sah er aus wie der Drache aus der Zeitung. Die Krallen bohrten sich ins Holz der Bühne. Er nickte mit dem gedrungenen Kopf, wandte sich um und schritt mit zuckendem Schwanz zur Tür des Saals, die tatsächlich groß genug für ihn war. Ich sah noch, dass etliche Kleidungsstücke auf dem Boden lagen. Erst später wurde mir klar, dass sich Kleidung natürlich nicht mit verwandeln würde. In den nächsten Wochen wurde viel über die Teufelsbrut, wie die Kirche die Drachen nannte, berichtet. Schließlich wurde es jedoch wieder ruhiger. Unser Direx hatte sich jedoch unglaublich blamiert. Er war das Gespött der Schule geworden. Ich erinnere mich an viele Witze und Nachahmungen meiner Mitschüler, die nun gerne Sätzen wie: „Was ich sie schon immer mal fragen wollte, sie fressen aber nur weibliche Jungfrauen, oder?" Oder: „Sind sie etwa noch Jungfrau?" benutzten.

Das Drachen-Outing liegt inzwischen vier Jahre zurück und ich habe noch nie auch nur einen einzigen Drachen getroffen.

2. Quetzal – Verlust

Um mich dreht sich die Welt beinahe. Es ist alles so schnell gegangen. Das Schreien ist verebbt. Ich spüre das klebrige Blut an meinem Körper. Es beginnt bereits zu trocknen. Ich kann nicht sagen wie viel Zeit vergangen ist. Ein schweres Gewicht drückt mich zu Boden. Die letzten Jahre habe ich mich so an die Gefahr gewöhnt, dass ich kaum noch mit so etwas gerechnet habe. Ich versuche mich hoch zu stemmen, aber das Gewicht ist zu schwer. Wenn ich doch nur bereits in der Lage

wäre mich zu verwandeln. Ich höre das Rattern einer Maschine. Ein Motor! Kurz verklingt das Geräusch wieder. Mein Hals ist rau. Husten und Rauch! Ich knurre so laut ich kann. Über mir sind Stimmen. Ich kann sie hören, aber nicht was sie sagen. Wieder knurre ich, hoffe, dass sie mich bemerken werden und nicht zu jenen gehören, die meine Familie ermordet haben. Ich muss husten, als Rauch meine Kehle hinauf steigt. Ich höre ein Krachen. Noch einmal stemme ich mich gegen das Gewicht über mir. Es bewegt sich leicht. Ich knurre wieder. Ein weiteres Krachen.
„Hier ist jemand.", höre ich eine gedämpfte Stimme.
Um mich herum wird es heller. Das Gewicht über mir wird schwächer. Dann bin ich frei. Ich blinzele ins Licht, das im nächsten Moment wieder etwas verdeckt wird. Ich sehe in eine seltsame Fratze und erschrecke. Erst nach ein paar Sekunden erkenne ich, dass es sich um eine Atemmaske handelt. Menschen und Feuer! Das passt so gar nicht zusammen. Ich erkenne nun auch eine Feuerwehruniform. Ich stemme mich hoch und sinke sofort unter Schmerzen zurück auf den blutüberströmten Boden. Wie eine Drachenkralle hat sich der Schmerz durch meinen gesamten rechten Arm gebohrt. Damit kann ich mich gar nicht abstützen. Plötzlich sind da Hände, die nach mir greifen. Ich werde durchgerüttelt, als sie mich hochheben. Der Schmerz wird mit jeder Bewegung stärker. Ich kämpfe dagegen an. Dann wird alles schwarz …

Einen ganz leichten dumpfen Schmerz spüre ich noch, als ich wieder zu mir komme. Ich blinzele mehrmals, um mich an das grelle Licht zu gewöhnen. Ich sehe über mir eine weiße Decke, als ich mich an das Licht gewöhnt habe. Ich höre ein penetrantes Piepen. Genervt drehe ich den Kopf zur Seite und dabei auch etwas meinen Oberkörper. Kabel! Mein Blick fällt auf eine Maschine mit Monitor. So wie das aussieht bin ich direkt im Krankenhaus gelandet.
„Ah, du bist endlich aufgewacht.", höre ich eine Stimme aus der anderen Richtung.

Ich drehe den Kopf ruckartig herum und stöhne auf. Nicht auch noch Polizei. Ein Polizist in Uniform lässt aber keinen Zweifel daran, dass ich mich mit der Polizei auseinander setzen muss.
„Stehe ich unter Bewachung?", frage ich sofort, um zu erfahren was weiter passieren wird.
Meine Stimme klingt rau und belegt, aber wenigstens habe ich für den Moment keinen Rauch in der Kehle. Na ja, das kann sich schnell wieder ändern. Der Beamte mustert mich eingehend und erklärt dann: „Es könnte sein, dass dein Leben in Gefahr ist."
„Ich stehe nicht unter Verdacht?", erkundige ich mich besorgt.
„Dann wärst du nicht so im Haus gefangen gewesen. Die Brandexperten haben festgestellt, dass das Feuer von außen nach innen gebrannt hat.", teilt mir der Polizist mit und erhebt sich von seinem Stuhl neben der Tür. „Ich muss die Ärzte und meine Vorgesetzten informieren."
Ich spare mir den Atem und sage nichts. Ich werde ihn ohnehin nicht überreden können das nicht zu tun. Da kann ich es auch gleich lassen. Die Tür fällt zu und ich bin alleine. Rauch steigt meinen Hals hinauf und ich krampfe mich in einem Hustenanfall zusammen. Als ich mich wieder beruhigt habe, bin ich nicht mehr alleine. Ein Team aus Ärzten und Krankenschwestern ist herein gekommen. Ich werde nach meinem Befinden befragt und untersucht. Sie entfernen die Kabel. Gut so. Darauf kann ich verzichten. Mir wird erklärt, dass ich noch mindestens einen Tag zur Beobachtung bleiben muss. Am besten einer unserer Heiler sieht sich meine Verletzungen an, da sich Menschen viel zu wenig mit Drachen auskennen, besonders menschliche Ärzte. Ich bin froh, als die ganzen Menschen mich wieder alleine lassen. Nach ihren Auskünften war ich nicht lange bewusstlos. Ich bin vor knapp 2 Stunden ins Krankenhaus gekommen. Sobald ich alleine bin stehe ich auf und gehe in das kleine Bad, das zum Zimmer gehört. Im Krankenzimmer befinden sich zwei weitere Betten, aber beide unbelegt. Man will Menschen nicht mit Drachen in ein Zimmer legen. Zumindest nehme ich das an. Ich sehe in den Spiegel. Meine schwarzen Haare stehen wild vom Kopf ab und die orangeroten Linien

in meinen Augen sind breiter als sonst. Ein deutliches Anzeichen dafür, dass ich verletzt bin. Na ja, das wusste ich auch schon vorher. Ich spritze mir etwas Wasser ins Gesicht. Das fühlt sich gut an. Von der Bürste lasse ich lieber die Finger. Wer weis, welche Gestalten sie schon benutzt haben. Sie ist ja nicht eingepackt. Stattdessen ordne ich meine Haare so gut es geht mit den Fingern.
„Quetzal Carupa.", wird mein Name gerufen.
Ich seufze und gehe ins Krankenzimmer zurück. Ein Mann und eine Frau befinden sich an meinem Bett. Ich muss ganz kurz lächeln. Ich habe fast damit gerechnet mich nur mit Männern zu unterhalten. Die Frauenquote bei der Polizei ist immer noch sehr gering. Ziemlicher Blödsinn! Bei uns Drachen wird kein großer Unterschied zwischen weiblich und männlich gemacht. Dann wird mir die Situation wieder bewusst und mein Lächeln verschwindet. Ich muss mich über eine Stunde mit den beiden Beamten unterhalten. Dabei können sie ohnehin nichts tun. Sie gehen davon aus, dass es mal wieder ein Hassattentat von verblendeten Menschen war. Wäre definitiv nicht das erste Mal. Ich muss unwillkürlich an das Geschehen denken. Übelkeit steigt in mir auf, als ich plötzlich wieder ein Schwert voller Blut vor mir sehe. Viel Blut! Ich bin nicht zimperlich, welcher Drache ist das schon? Aber das ist doch etwas anderes. Ich konzentriere mich auf die Befragung, um nicht daran denken zu müssen.
„Was?", entfährt es mir, als sie mir sagen, was nun mit mir geschehen soll. Ich bin schockiert „Das kann doch unmöglich ihr Ernst sein."
„Es ist eine Entscheidung des Jugendamtes.", eröffnete die Polizistin mir. „Du sollst zu einer Pflegefamilie. Leider ist kein Platz in einer Drachenfamilie frei. Deshalb sollst du zu den Schneiders. Sie sind zwar Menschen, aber in ihrer Nachbarschaft lebt eine alte Drachenfrau, die sich bereit erklärt hat als Anlaufstelle in Drachenfragen zu fungieren."
Ich lege den linken Arm über die Augen. Jetzt will ich am liebsten gar nichts mehr wahrnehmen. Ich soll zu Menschen. Das kann nur ein schlechter Scherz sein. Als ich dann wieder zu den Polizisten sehe, wird mir klar, dass es alles andere als ein Scherz ist. Ich atme einmal

tief durch und erinnere mich selbst daran, dass meine Eltern mich und meinen Bruder immer wieder ermahnt haben die Feindseligkeit gegen uns nicht noch zu unterstützen. Kulcan! Mein Bruder! Mein Magen krampft sich zusammen. Can! Ich hab das Gefühl gleich in Tränen auszubrechen. Ich dränge das alles zurück. Ich will nicht weinen. Deswegen konzentriere ich mich umso mehr, auf das Gespräch, das noch im Gange ist.
„Die Familie weis Bescheid und ist einverstanden. Du wirst mit ihrem Sohn in dieselbe Schule gehen. Ihr seid etwa im selben Alter." Auch das noch. Da erwartet doch jeder, dass ich mich mit ihm anfreunde. Dabei ist mein bester Freund, mein Bruder, in der vergangenen Nacht gestorben. Ermordet worden! „Das wird schon werden."
„Also, du hattest gesagt, dass du niemanden wüsstest, der jemandem aus deiner Familien schaden wollte?", fragt die Polizistin nun wieder. Ich erwidere ihre Blick finster und sage: „Meine Eltern haben bei der Verbesserungen der Flugfähigkeit von Flugzeugen mitgearbeitet. Wie es viele Drachen tun. Aber nicht beim Militär. Da ist nichts. Wir haben keine Schulden und ich weis auch sonst von niemandem mit dem es Probleme solchen Ausmaßes geben würde."
Meine letzten Worte gehen in einem Hustenanfall unter. Ich schüttele mich. Die Beamtin ist sofort ganz nah bei mir.
„Geht es?", ihre Stimme klingt ehrlich besorgt.
Ich stoße ein kurzes Knurren aus. Sie weicht zurück. Dann winke ich ab und teile mit: „Ich bin kurz vor meiner ersten Verwandlung. Das ist normal."
„Das Knurren wohl auch.", meint der Mann finster.
Ich habe schon vorher gemerkt, dass er offensichtlich etwas gegen Drachen hat. Das wird jetzt noch deutlicher.
„Ja.", sage ich nur knapp.
Ich sehe gar nicht ein mich für einen natürlichen Instinkt zu entschuldigen. Das wäre es dann noch. Alleine der Gedanke schüttelt mich innerlich.
„Wenn sich kein Motiv mehr finden lässt, ist von einem drachenfeindlichen Anschlag auszugehen.", stellt die Polizistin fest.

Ich knurre bei der Erinnerung. „Kannst du noch irgendwelche Angaben zum Täter machen?"
Ich seufze und wieder kommt mir dieses Schwert in den Sinn. Ich greife nach dem Buch auf dem Rollschrank neben dem Bett. Eine Bibel. Ich reiße die leere erste Seite heraus und nehme den Stift zur Hand. Es bereitet mir ein diebisches Vergnügen so etwas zu tun. Immerhin sind es oft kirchliche Würdenträger oder Gläubige die uns Drachen als Teufelsbrut bezeichnen. Ich brauche nur einige Handstriche, um das Schwert aufzuzeichnen, mit der Inschrift auf der Klinge.
„Das Schwert erkenne ich wieder.", teile ich mit und reiche der Beamtin meine Zeichnung. „Ich hatte einen Hustenkrampf und hab deshalb nicht mehr gesehen. Mein Bruder …"
Ich schaffe es nicht weiter zu sprechen. Ich kann nicht erzählen, dass es Can besser ging und er bei den Geräuschen aus unserem Zimmer gestürmt ist. Ich habe es gar nicht geschafft hinaus zu kommen.
„Schon gut, du musst jetzt nicht weiter erzählen.", meint die Polizistin zu mir. Ihr Kollege sieht sie grimmig an, aber er widerspricht ihr nicht. „Ruh dich noch etwas aus, Quetzal. Die Ärzte haben gesagt wir sollen nicht so lange machen."
Ich fühle mich zwar bis auf den Arm soweit fit, aber ich widerspreche nicht. Ich habe keine Lust mehr auf diese Geschichte. Ich muss jetzt weiter machen. Die Polizisten verabschieden sich und dann bin ich wieder alleine. Um nicht in den dunklen Erinnerungen zu versinken, schalte ich den Fernseher ein. Den Bericht, der über den Anschlag läuft, drücke ich sofort weg. Na toll, ein Programm weiter läuft ein Drachenfilm. Yeah, Familienvideo! Mein Magen krampft sich zusammen. Das hat Can immer gesagt, wenn irgendwo ein Drachenfilm gelaufen ist. Schnell klicke ich weiter. Drachen hier, Drachen da! Kennen die kein anderes Thema? Schließlich bleibe ich bei einem Zeichentrickfilm hängen. Tom und Jerry! Und ich dachte immer dafür wäre ich inzwischen schon zu alt. Besser als die ganzen Drachensachen. Jedes Mal, wenn Drachen in den Schlagzeilen landen,

sind fast alle Fernsehprogramme voll mit Drachengeschichten, egal ob sogenannte Dokus oder irgendwelche Fantasyfilme mit Drachen.

Ich habe gar nicht gemerkt, wie ich eingeschlafen bin, aber jetzt wache ich auf. Der Fernseher ist aus, also muss jemand hier gewesen sein.
„Que ist erwacht.", erklingt eine quietschige Stimme.
Ich richte meinen Blick auf das Fußende meines Krankenbettes, von wo die Stimme gekommen war. Ich kenne sie nicht, also ist es vermutlich ein Drache. Wir können hervorragend unsere Stimmen verstellen. Anstatt irgendeiner Person, sei es nun Drache oder Mensch, sehe ich eine kleine Gummifledermaus, die von einer Hand hin und her bewegt wird. Die Flügel sind grün. Ein zweites Gummitier erscheint. Dieses Mal ein gelber Dinosaurier, der mich verdächtig an einen Lindwurm erinnert.
„Noch ist nicht Nacht, das ist nicht deine Zeit.", höre ich eine zweite Stimme theatralisch und der kleine Gummidino wird hin und her bewegt.
„Muhahaha, das ist gleich. Ich beiße dich.", kommt es von der kleinen Fledermaus. „Blut!"
„Ha, ich bin ein Drache. Mein Blut verbrennt dich nur."
Ich muss einfach lachen. Das können nur zwei meiner Mitschüler sein. Wir haben uns vor gar nicht langer Zeit einen neuen Film angesehen. Drachen und Vampire! Die Vampire vertrugen kein Feuer, aber tranken Drachenblut. Wir haben uns weggeschmissen vor lachen. Das heiße Drachenblut würde einen Vampir, der kein Feuer verträgt verbrennen.
„Da haben wir ihn ja zum lachen gebracht.", sagt eine mir nun bekannte Stimme.
Ein brauner Haarschopf taucht hinter der Gummifledermaus auf und rote Augen funkeln mit verspielt an. Oh ha! Xaron hat sich offenbar in den letzten Tagen das erste Mal verwandelt. Danach glühen die Augen so. Wie auf Kommando ertönt bei diesem Gedanken ein heftiges Husten. Der Gummidino fällt auf die Decke. Als das Husten verebbt, erhebt sich Aura und schüttelt sich ihre roten Haare aus der Stirn. Ihre

gelben Augen blicken matt. Bei ihr kann es auch nicht mehr lange dauern. Wenige Tage vor der ersten Verwandlung werden unsere Augen matt und unsere Körper heizen sich auf. Unsere Körpertemperatur liegt auch so schon höher als bei Menschen.
„Wozu der Süßkram?", frage ich und deute auf die Tüte in Xarons Hand.
„Das wurde extra für Drachen entwickelt. Definitiv nur Rohrzucker zum süßen. Schweinegelatine ist kein Problem. Zitrone, Pitaya und Waldmeister. Maishonig. Die Bestandteile vertragen wir ja.", erklärt Aura und schiebt sich den Dino in den Mund.
„Du futterst Verwandtschaft? Kannibalin.", ruft Xaron aus und ich muss erneut lachen.
Gut, dass die beiden hergekommen sind. Das hebt meine Stimmung.
„Darf man sich einmischen?", ertönt eine Stimme.
Ich hole tief Luft und drehe mich zur Tür: „Hallo, Franz." Franz Leibing, der damals im Fernsehen aufgetaucht ist, als entschieden wurde, dass wir an die Öffentlichkeit gehen. „Was gibt's?"
„Ich habe von der Sache mit dem Jugendamt gehört." Ich verdrehe die Augen. So ein Mist. „Du musst dem nicht Folge leisten. Du kannst gerne in den Orden kommen."
Ich schüttele den Kopf und erkläre: „Das kommt nicht in Frage. Das ist nur Wasser auf den Mühlen dieser Idioten." Ich knurre und spreche in einem Reportermäßigen Ton weiter: „Drachen umgehen Recht und Gesetz. Was als nächstes? Dürfen sie dann wahllos Feuer entzünden?"
Trotz des Themas fängt Xaron an zu lachen.
„Das trifft es so ziemlich.", stellt Aura fest, nachdem sie ihn mit einem Klapps auf den Hinterkopf zum Schweigen gebracht hat.
„Was ja noch harmlos wäre.", nickt Franz dazu. Dann legt er ein nagelneues Smartphone vor mich aufs Bett. „Deines ist ziemlich zerschmolzen, Quetzal. Deine Eltern haben wie die meisten Drachen vorgesorgt."
Ich weis was er damit meint. Nach den ersten Attentaten haben die meisten Dracheneltern Vorkehrungen für ihre Kinder getroffen. Ein verwaltetes Konto beim Orden. Ein festgelegtes Taschengeld und eine

Unterhaltszahlung an diejenigen, bei denen die Drachenkinder leben. Ich will nach dem Handy greifen, als mich ein Hustenanfall durchschüttelt. Fast im selben Moment beginnt auch Aura zu husten. „Ihr solltet einen Hustenchor gründen.", lacht Xaron nun wieder. Ich greife in die offene Tüte mit Süßkram und werfe ihm einen Gummidino an den Kopf. Schallendes Gelächter klingt durch den Raum. Selbst der sonst so ernste Franz schmunzelt. Als es wieder ruhig wird, ist er auch schon wieder ganz ernst und erklärt: „Du kannst morgen Nachmittag aus dem Krankenhaus raus, Quetzal. Frau Schneider kommt dich abholen."
Ich nicke nur.

3. Tom – Auf den ersten Blick

Ich will nicht. Pflegekinder schön und gut, aber ein Drache? Ich wollte zwar schon immer mal einen Drachen treffen, aber ich muss nicht unbedingt mit einem zusammen wohnen. Schon gar nicht mit einem Drachen, der sich in nächster Zeit das erste Mal verwandeln soll. Das soll eine schwierige Zeit sein, die zwischen dem 15 und 17 Geburtstag stattfindet. Dieser Drache soll 16 Jahre alt sein und sich noch nicht verwandelt haben. Es kann also jederzeit soweit sein. Ich weis nicht einmal wie ein gerade zum ersten Mal verwandelter Drache reagiert. Bei dem Gedanken überläuft mich ein kalter Schauer. Ich verdränge den Gedanken, so gut es geht. Sobald ich nicht mehr daran denke, kommen meine Gedanken bei Marius zum stehen, wie so oft. Mein bester Freund. Alles in mir zieht sich zusammen. Dieses Gefühl ist mir inzwischen vertraut, aber es hilft nicht gegen den bohrenden Schmerz in meinem Herzen. Mir ist schon früh aufgefallen, dass ich mich nicht für Mädchen interessiere. Für meine Eltern ist das kein Thema. Sie sind tolerant und aufgeschlossen. Vorurteile in diese Richtung habe ich nie kennen gelernt. So konnte ich es mir am Anfang wenigstens innerlich eingestehen. Dann sind wir letzte Weihnachten verreist gewesen und ich habe Marius erst in der Schule wieder gesehen. In dem Moment war es dann auch passiert. Marius' grüne Augen haben

mir entgegen geblickt und mein Herz hatte schneller geschlagen. Ich habe mich in meinen besten Freund verliebt und gleichzeitig erfahren, was Liebeskummer bedeutet. Marius ist mit seiner neuen Freundin Anna so ekelhaft verliebt und glücklich. Ich sollte mich für meinen besten Freund freuen, aber ich hasse sie seit dem Tag, an dem Marius mir gesagt hat, dass sie ein Paar sind. Es ist ihr gegenüber nicht fair, aber es ist so. Es würde auch nichts ändern, wenn die beiden nicht zusammen wären. Marius ist nun mal nicht schwul. Manchmal habe ich das Bedürfnis einfach etwas zu zertrümmern, aber vermutlich würde mir das auch nicht helfen. Ich habe versucht ihn zu vergessen. Mit wenig Erfolg. Ich habe mit einem Nachbarsjungen geflirtet und versucht mich abzulenken, aber es hat nichts gebracht. Also habe ich mich nicht mehr mit Eric getroffen. Wir haben uns noch gestritten. Er wollte nicht aufgeben. Vor einer Woche hat er endlich aufgehört mich zu nerven. Drei Wochen alle möglichen SMS waren eindeutig genug. Liebesschwüre und Versprechungen, nach einer Woche auch Drohungen. Idiot! Wir haben uns ja nicht mal geküsst. Nur ein paar Mal getroffen. Mein Handy summt plötzlich und reißt mich aus der Erinnerung. Ich öffne die SMS, bevor ich es mir anders überlegen kann.
`Kommst du mit ins Freibad?´, steht in Marius' Nachricht.
Mich überläuft eine Gänsehaut. Marius in Badehose? Besser nicht. Marius und Anna turtelnd? Noch schlimmer. Da ist mir ja ein Drache im Haus lieber.
`Der Mexikaner kommt heute. Besser nicht.´, schreibe ich daher zurück.
Ich erahne bereits, dass Marius seinen hübschen Kopf schütteln wird. Es ist nicht das erste Mal diesen Sommer, dass ich Absage. Meine Freunde sind eindeutig der Meinung, dass es nichts mit Terminen zu tun hat. Sie wissen aber auch nichts von meinen Gefühlen. Wieder summt mein Handy.
`Als würde dich das interessieren.´
Ich kann den Sarkasmus dahinter förmlich riechen. Ich verzichte darauf eine weitere Nachricht zu schreiben. Die anderen verstehen es sowieso nicht. Ich verdränge die Gedanken an Marius so gut es geht.

„Tom, komm runter!", ruft Mama in diesem Moment.
Ich stöhne auf und erhebe mich. Vor meinem Schreibtisch bleibe ich noch einmal stehen und schalte den PC aus. Ich hatte nur kurz die Möglichkeit auf Facebook zu gehen. Ich brauche dringend ein neues Handy. Momentan habe ich nur ein altes von Papa, weil meins nicht in Ordnung ist. Ich höre die Haustür, als ich die Treppe hinunter gehe und das wie Mama mit dem Fuß geräuschvoll auf den Boden tippt, um mich zur Eile anzutreiben. Ich gehe die letzten Stufen absichtlich langsam hinunter. Als ich an der Haustür ankomme, sieht Mama mich vorwurfsvoll an.

Mama blinkt und fährt an der Bushaltestelle ran. Ich bin überrascht. „Geh du bitte schon mal die Bücher abholen. Ich hole Quetzal ab. Wir treffen uns danach beim Edeka." Ich öffne seufzend die Autotür. Dann darf ich mich hier eine Weile beschäftigen. Na tolle Geschichte. „Wir müssen ja noch spezielles für unseren Drachenmitbewohner einkaufen."
Ich erwidere nichts, nehme das Geld, das Mama mit hinhält und steige aus. Mit voller Absicht schlage ich die Autotür fester als nötig zu. Mamas Protest ignoriere ich. Was für ein Mist. Fast wünsche ich mir mit ins Freibad gegangen zu sein. Oder? Nein, lieber doch nicht. Anstatt mir das anzutun gehe ich nun tatsächlich für einen Drachen Schulbücher kaufen. Paradox! Mama hat die Bücher sofort telefonisch bestellt, als wir erfahren haben, dass er zu uns kommen wird. Da sie länger brauchen wird als ich, werde ich mir vermutlich noch Bücher ansehen. Blöd nur, dass der Laden so klein ist. Sich da länger aufzuhalten ist tatsächlich schwierig.

Jetzt warte ich hier schon fünf Minuten vor dem Supermarkt. Ich habe bereits den Einkaufswagen geholt. Fehlen nur noch Mama und der Drache. Quetzal, war glaube ich sein Name. Ungewöhnlich. Dann sehe ich den Kleinwagen ankommen. Ich kann die Person auf dem Beifahrersitz nicht genau erkennen. Die Sonnenstrahlen brechen sich

in der Windschutzscheibe. Ich nähere mich dem Wagen, als er gerade in einer Parklücke hält. Die Türen öffnen sich.
„Ich hoffe du weist wirklich worauf ihr euch eingelassen habt.", erklingt eine männliche Stimme wie Samt.
Mit dem Rücken zu mir kann ich jetzt einen schwarzhaarigen Teenager erkennen. Mama redet weiter mit ihm: „Mein Mann Joachim ist noch bei der Arbeit. Wir haben mit Frau Hakka gesprochen. Das klappt schon alles." Sie entdeckt mich als sie sich umdreht und macht eine Handbewegung in meine Richtung. „Und das ist unser Sohn Tom."
Der Drache drehte sich zu mir um und es verschlägt mir glatt den Atem. Er mustert mich mit einem spöttischen Ausdruck in seinen dunklen von helleren Linien durchzogenen Augen. Sein Gesicht ist perfekt schön. Gleichmäßige Züge, sinnliche Lippen. Schwarze, leicht lockige Haare umspielen dieses hübsche Antlitz und fallen ihm wild und lässig in die Stirn. Er ist groß, mindestens anderthalb Köpfe größer als ich, hat eine Wahnsinnsfigur, wirkt männlich, sexy, aber irgendwie arrogant.
„Guten Tag.", sagt er mit einem lässigen Grinsen, kommt auf mich zu und hält mir seine Hand entgegen. Gleichzeitig musterte er mich weiter und zwinkert mir dann zu. Ich starre ihn nur an und schaffe es einfach nicht seine Hand zu ergreifen. Was zur Hölle ist mit mir los? „Ich bin Quetzal Carupa." Da ich mich immer noch nicht bewege, greift er einfach nach meiner Hand. Seine Hand ist warm und angenehm. „Que reicht!"
Ich kann mich gerade noch davon abhalten seinen Namen zu wiederholen. Que!
„Tom!", bringe ich gerade so heraus.
Seine Augen blitzen auf. Fast wie dunkle Schokolade, wären da nicht die orangen Linien darin. Sein Drachenerbe. Er lässt meine Hand los und wendet sich wieder Mama zu.
„Ein bisschen wortkarg, hmmm?", meint er und lacht leise.
Mir läuft ein heißer Schauer über den Rücken. Ich will am liebsten hier weg und gleichzeitig will ich gar nicht mehr weg.

„Ist nicht der Normalzustand.", versichert Mama ihm. Ich würde vor Scham am liebsten im Boden versinken. Mama fährt fort. „Wir sollten uns jetzt ans Einkaufen machen. Danach könnt ihr euch etwas miteinander bekannt machen."
Wir gehen auf die elektrische Tür zu, als plötzlich ein heftiges Husten zu hören ist. Ich fahre herum. Que krümmt sich zusammen und hustet heftig. Auf einmal ist es vorbei. Er stützt sich auf seine Oberschenkel ab und bleibt ein paar Sekunden vornüber gebeugt stehen. Seine dunklen Haare fallen ihm in dieser Position in die Stirn. Ich kann nicht anders, als ihn anzustarren. Am liebsten würde ich mit der Hand durch die glänzenden, schwarzen Locken fahren. Ich muss Marius bitten mir demnächst eine runter zu hauen. Die Überraschung haut mich echt um. Mit Ques Auftauchen hat sich alles auf einen Schlag verändert. Kann doch nicht wahr sein! Das erste Mal seit einem halben Jahr kommt bei dem Gedanken an Marius kein Gefühlschaos hoch. Verflucht! Ich werde noch verrückt. Que sieht mich lächelnd an. Ein spöttisches Lächeln, das ihn richtig arrogant wirken lässt. Eigentlich wundert mich das nicht. Solche gutaussehenden Typen sind immer arrogant.
„Tom?", sagt er auffordernd und geht an mir vorbei.
Ich schlucke und folge ihm. Que hat die Arme hinter dem Kopf verschränkt und seine dunklen Augen funkeln mich an. Er wirkte eindeutig etwas frech. Eilig trete ich an ihm vorbei und mache mich auf den Weg zur Gemüseabteilung am Anfang des Supermarktes. Ich bin absichtlich vorausgegangen, um seiner Wirkung zu entgehen, aber stattdessen spüre ich seine Blicke förmlich im Rücken. Seine Ausstrahlung lässt mich auch in dieser Situation nicht los. Ich beschleunige meine Schritte und höre seine dicht hinter mir. Das macht es mir nicht leichter.
„Frau Hakka sagte zwar, dass es normal ist, aber geht es dir gut, Quetzal?", höre ich Mama fragen.
Die habe ich ja vollkommen vergessen. Oh man!
„Klar doch. Das vergeht wieder.", wiegelt Que ab.
Ich bleibe vor den Auslagen stehen. Ich habe nicht die geringste Ahnung was ein Drache jetzt verträgt und was sich. Während ich noch

überlege huschte Que an mir vorbei und besieht sich das Angebot.
Schnell landen einige Sachen im Wagen. Ich mustere was er aussucht.
Champions, Tomaten, Zwiebeln, Bananen und eine Frucht, die ich
nicht kenne. Letztere hat eine angeraute, irgendwie gestückelte pinke
Schale. Mehr kann ich dazu nicht sagen. Wenn ich mir die Auswahl an
Obst, Gemüse und Salaten so ansehe, ist das hier wirklich nicht viel.
Que geht weiter. Er steuerte das Gewürzregal an, kommt aber nach
einem Griff mit einer Dose zurück.
„Nur Bärlauch?", fragt Mama ihn verblüfft.
Offenbar hat sie noch nicht ganz begriffen, was ein Drache bei uns
zuhause wirklich bedeuten kann.
„Salz und Pfeffer dürftet ihr haben.", ist Ques einziger Kommentar.
Er grinst wieder. Mein Puls flattert, obwohl er so arrogant wirkt. Sein
Kopf fährt in meine Richtung herum. Seine Drachenaugen
durchbohrten mich so intensiv, dass mir die Knie weich werden.
Verdammt! Er drehte sich so unerwartet herum, wie er mich vorher
angesehen hat und setzt seinen Weg fort. Ich bin froh, dass ich den
Einkaufswagen bei mir habe, denn so habe ich etwas, um mich
abzustützen.
„Kein Brot?", höre ich Mama eine weitere Frage stellen.
Wenigstens muss ich meine Neugier auf die Drachen nicht so offen
zeigen, wenn sie ohnehin schon die meisten Fragen stellt. Ich folge
Que einfach mit dem Wagen. Vor dem Regal mit den Backutensilien
bleibt er wieder stehen. Sein Blick schweift über das Regal. Schließlich
greift er nach der teuersten Packung mit Mehl. Erst im Anschluss daran,
als er drei Päckchen in den Wagen gelegt hat, antwortet er Mama:
„Das werde ich selbst backen müssen."
„Du backst?", entfährt es mir, ohne dass ich darüber nachdenken kann.
„In einer Welt, in der die Menschen die dominierende Spezies sind,
muss ein Drache kochen und backen können, wenn er nicht nur von
Fleisch leben will.", sagt Que und stößt ein leises Knurren aus.
Ich greife in den Wagen hinein und nehme eine der Mehlpackungen
heraus. Maismehl! Drachen vertragen also Mais. Interessant.

„Was ist mit anderen Getreidearten oder mit Reis?", will Mama wissen, die sich neben mich gestellt hat, um ebenfalls zu lesen, was auf der Packung steht.
„Nein.", das ist mal eine knappe Antwort.
Schon ist Que wieder unterwegs. Ist für ihn bestimmt einfacher als für uns. Er verträgt vieles nicht und bleibt deshalb gar nicht zwischendurch bei irgendetwas stehen. Erst beim Öl hole ich ihn wieder ein. Er hat bereits eines ausgesucht. Maiskeimöl! Sau teuer! Papa hat zwar gesagt, dass es für ein Drachenpflegekind ein monatliches Budget gibt, aber ob das reichen wird? Die Eier stehen ganz in der Nähe und Que packt direkt drei 10er Packs in den Einkaufswagen. Bei Käse, Milch, Joghurt und Quark bleibt er gar nicht erst stehen. Nur an einem Kühlregal hält er an und nimmt mehrere Hefepäckchen heraus.
„Keine Milchprodukte.", sagt er, bevor Mama oder ich fragen können. „Hefe ist ein Pilzprodukt, das geht also." Nicht nur Champions also, sondern auch andere Pilze. Que sieht mich direkt an und grinst. „Schon irgendwie kurios. Die Herren des Himmels essen tatsächlich gerade das was direkt aus der Erde kommt."
Es sind nicht nur die Worte alleine, die mich zum lachen bringen, sondern auch die Art wie er es sagt. Ich kann mir die Absurdität der Situation genau vorstellen. Während mein Lachen abklingt, ist Que schon an der Wurstkühlung und nimmt mehrere Packungen heraus, nur um sie wieder zurück zu stellen.
„Stimmt was nicht?", will ich von ihm wissen.
Ich habe eigentlich gedacht, dass Drachen Wurst und Fleisch einfach essen können. Also, alles davon.
„Da sind überall Zusatzstoffe oder Gewürze drin.", eröffnet Que. Daran habe ich bisher ehrlich gesagt, noch gar nicht gedacht. Ein Drache sein ist schwerer, als ich je angenommen habe. „So wie das hier aussieht müssen wir noch in einer Metzgerei vorbei."
„Aber Fleisch holen wir jetzt hier an der Theke.", meint Mama dazu.

Que nickt nur und steuert besagte Theke an. Ich beeile mich ihm zu folgen, da an der Fleischtheke extremer Betrieb herrscht. Er sucht sich verschiedenes ungewürztes Fleisch aus. Darunter auch Gehacktes.
„Maisnudeln mit Hackfleischsoße, heute.", flüstert Que mir zu. Sein heißer Atem verursacht mir eine Gänsehaut.
„Du willst kochen?", frage ich leise. Er nickt und zwinkert mir zu. „Wenn es so gut ist, wie ich es mir vorstelle freue ich mich jetzt schon aufs Abendessen."
„Das will ich auch hoffe, wenn ich mich schon hinstelle und extra Nudeln mache."
„Ich könnte dir helfen." Das Angebot ist mir entschlüpft, bevor ich darüber nachdenken kann, denn das mache ich sonst nicht. „Na ja, soweit ich in der Küche nützlich sein kann."
„Das klingt nach einem verlockenden Angebot.", lacht Que und packt das Fleisch in den Wagen.
Seine Augen funkeln mich verspielt an. So etwas habe ich vorher noch nie bei jemandem gesehen, aber es gefällt mir.
„Geht schon mal vor zur Kasse. Ich komme gleich nach.", meint Mama zu uns.
Ich nicke, während Que sich schon auf den Weg macht.
„Drache sein hat seine Vorteile.", stelle ich fest, als wir an den Süßigkeitenregalen vorbei gehen.
„In wie fern?", fragt er mich.
„Du musst dir keine Gedanken darum machen, ob du zu viele Süßigkeiten isst, weil du eh nicht darfst.", erkläre ich den Gedanken, der mir plötzlich gekommen ist.
Que sieht mich mit einem schiefen Grinsen und einem frechen Funkeln in den Augen an. Seine Stimme klingt minimal dunkler als bisher:
„Weist du, es gibt so Sachen, die sind wesentlich süßer als jede Süßigkeit und die darf ich mitunter."
Er sieht mir direkt in die Augen und ich kann einfach nicht anders, als auf das Flirten in diesem Blick einzugehen: „Ach, ist das so, Que. Kannst du mir das näher erklären?"

Ich bin überrascht von mir und auch vom säuselnden Klang meiner Stimme. Ich muss wahnsinnig sein. Ich hab Que vor höchstens einer halben Stunde kennen gelernt. Wahrscheinlich weniger. Mir pocht das Herz bis zum Hals.
„Also, ich würde ja sagen ..."
„Ich bin fertig."
Ich könnte Mama manchmal verfluchen. Sie hat echt ein mieses Timing. Verdammt! Was würde Que sagen? So was blödes!
~Ich würde ja sagen, dass du dazu gehörst.~, höre ich seine Stimme in meinem Kopf.
Ich starre den Drachen an, aber er hat sich bereits der Kasse zugewendet. Habe ich mir das nur eingebildet, oder ist da wirklich etwas *magisches* passiert? Ich wage es nicht Que zu fragen, schon gar nicht vor Mama.

Sobald unsere Einkäufe im Auto verstaut sind, bringe ich den leeren Einkaufswagen weg. Mal einen Moment weg kommen. Ques Nähe bringt mich total aus dem Konzept. Verdammter, sexy Drache, aber auch!
„Tom.", eine tiefe Stimme, die ich direkt erkenne, aber eigentlich nicht hören will.
Eric! Seit einer Woche hat er sich nicht mehr gemeldet und ich war froh ihn los zu sein. Der Ton, den er bei der Aussprache meines Namens anschlägt gefällt mir nicht. Meine Hand schließt sich fest, um das Eurostück, das ich dem Wagen entnommen habe. Ich fahre herum, fest entschlossen ihm zu sagen, dass er mich für immer in Ruhe lassen soll. Der Anblick seiner Augen verschlägt mir jedoch die Sprache und jagt mir gleichzeitig einen riesigen Schreck ein. Sie sind feuerrot! Drachenrot vielleicht eher, aber wie kann das sein? Vor einer Woche hatte er noch braune Augen und an der Verwandlung kann es auch nicht gelegen haben, denn Que hat bereits Drachenaugen. Eric steht ungefähr fünf Meter von mir entfernt und ich spüre etwas Angst durch meinen Körper kriechen. Ich weis nicht mehr was mich mal an ihm angezogen hat, warum ich mich jemals mit ihm getroffen habe.

Verliebt war ich in ihn ohnehin nie. Ich habe versucht mich abzulenken. Jetzt ist davon nichts mehr über. Ich mache einen Schritt zurück und spüre den Griff eines Einkaufswagen im Rücken. Eric kommt näher und mir bricht der Schweiß aus. Er grinst immer noch. Selbstsicher, überlegen, arrogant!
„Du weist, du gehörst mir.", sagt er mit einem leichten Knurren in der Stimme.
Trotz meiner Angst schüttele ich den Kopf. Das kann ich niemals so stehen lassen. Selbst jetzt nicht. Er kommt noch näher, ist vielleicht noch einen halben Meter von mir entfernt und greift nach meinem Arm. Ich frage mich schon, wie ich aus dieser Situation herauskommen soll, da taucht ein Schatten neben uns auf. Quetzal! Ich werfe ihm einen Blick zu. Seine Schokoladenaugen, durchzogen von orangen Linien, sind dunkel, fast schwarz. Ich glaube er ist wütend. Im Gegensatz dazu steht allerdings seine lässige Haltung, die vor Selbstvertrauen nur so strotzt. Ich habe noch nie jemanden getroffen, der selbst in einer solchen Situation wirkt, als könne ihn nichts erschüttern. Ein eisiges Lächeln gleitet über sein Gesicht. Seine Samtstimme ist beinahe sanft: „Verschwinde!"
Es ist wie ein Peitschenhieb, umhüllt von dunklem Samt. Mir stockt der Atem. Eric sieht ihn an, aber er lässt meinen Arm nicht los.
„Was?", erwidert er schroff.
Ich schlucke und ziehe meinen Arm ruckartig aus Erics Griff. Que kneift leicht die Augen zusammen. Seine Samtstimme verliert etwas von ihrem samtigen Klang: „Finger weg von ihm. Ist nicht so schwer zu verstehen, oder Herzchen?"
Ein Wort eigentlich keine Beleidigung klingt in diesem Moment genau so, als wäre es eine. Ich habe das Gefühl mein Blut gefriert. Wenn Eric sich jetzt verwandelt, wird Que verletzt. Das darf nicht sein. Sein Blick ist bereits äußerst ungehalten.
„Alter, wer bist du denn?", bei dem grollenden Tonfall bekomme ich Angst um Que.
„Spielt für dich keine Rolle.", erwidert der jedoch nur lässig und in mir sträubt sich alles. Meine Angst wird stärker und seine nächsten Worte

machen es nicht besser. „Ich will, dass du die Finger von ihm nimmst und abhaust. Reicht doch!"
Er lässt Eric nicht eine Sekunde aus den Augen. Angespannt und leicht zitternd bemerke ich, dass sich Erics Augen zu glühen beginnen. Heißt das, dass er sich gleich verwandelt?
„Und warum sollte ich das tun?"
Ich fürchte bei Eric steht eine Verwandlung kurz bevor und das mitten auf einem Supermarktparkplatz und mit Que als Mahlzeit. Eric tritt jetzt sogar näher auf Que zu. Er ist nur etwas größer als Que, aber das ist wohl auch nicht das Problem. Knurrend bläst Eric meinem Begleiter etwas dunklen Rauch entgegen.
„Sagte ich doch bereits. Weil ich es so will.", kontert Que und grinst dabei provozierend.
Kann er nicht einfach den Mund halten? Einige der Einkäufer sind inzwischen stehen geblieben, glotzen uns an und warten gespannt was passiert. Keiner macht Anstalten einzugreifen, aber wer sollte gegen einen Drachen schon eine Chance haben? Ich will nicht, dass sich die beiden wegen mir kloppen. Que soll nicht wegen mir verletzt werden. Hastig fasse ich nach Ques Arm.
„Lass uns gehen.", ich flehe beinahe.
Ich versuche ihn weg zu ziehen, aber er bleibt stehen. Er ist offenbar nicht nur arrogant, sondern auch stur. Es scheint echt nicht einfach mit ihm zu sein. Eine Herausforderung und irgendwie freue ich mich genau auf diese. Ein Teil meiner Angst ist zu meiner Überraschung verschwunden. Dabei weis ich doch, dass Que keine Chance gegen Eric hat. Que tritt überraschend näher auf Eric zu. Sein Grinsen ist herausfordernd, spöttisch, überlegen. Ich ahne, dass es nicht mehr lange dauert bis Eric sich verwandelt. Ques Lippen bewegen sich, aber ich kann die Worte nicht verstehen. Er flüstert Eric etwas zu. Dessen Augen weiten sich. Que wirkt so verdammt selbstsicher. Eric weicht plötzlich zurück. Wenn Blicke töten könnten, würde Que jetzt tot umkippen. Zu meiner Überraschung ist es Eric, der das Feld räumt. Que blickt ihm noch hinterher bis er um die nächste Ecke

verschwunden ist. Dann dreht sich Que zu mir herum. Sein Grinsen ist verdammt arrogant und gleichzeitig verflucht sexy.
„Alles klar, Tom?", fragt er mich.
Ich bin vollkommen sprachlos und kann nur nicken. Que lächelt jetzt und mein Herz rast. Das ist echt ein Killerlächeln. Dafür braucht er ja einen Waffenschein.
„Wir sollten gehen.", murmele ich, als ich meine Sprache wieder finde. Er grinst mich an und geht voraus, in Richtung Auto. Einige Sekunden bleibe ich wie angewurzelt stehen und starre ihm nach. Was für ein Knackarsch. Ich könnte mir echt eine runter hauen. Dieser Kerl ist arrogant, überheblich und viel zu selbstsicher, aber eben auch sexy, sinnlich und mutig. Mir pocht das Herz bis zum Hals. Ich schlucke und folge Que. Wie soll ich es nur Monate mit diesem Kerl in einem Haus aushalten?

4. Quetzal – Lapislazuliblitzen

Lapislazuliblitzen! Ich habe niemals daran geglaubt, was die älteren Drachen darüber erzählt haben. Das hat sich jetzt geändert. Ich bin selber überrascht, dass ich dennoch noch so ICH war. Tom hat mich wie ein Schlag getroffen. Als ich ihn neben dem Einkaufswagen gesehen habe, habe ich für einen Moment das Gefühl gehabt einen Engel dort stehen zu sehen. Goldblonde, kurze Haare, anderthalb Köpfe kleiner als ich, makellose, leicht gebräunte Haut, beinahe zierlich, aber um das zu sagen, doch etwas zu trainiert und ein großer unschuldiger Blick aus Augen so blau wie das Meer an einem schönen Sommertag. Ich bin überraschende Situationen gewöhnt und konnte mich schnell wieder fangen, um ihn zu begrüßen. Als ich seine feingliedrige Hand in meiner hielt, stieg plötzlich ein Bild in meinem Kopf auf. Himmel, war ich überrascht. Ich in Drachengestalt und Tom auf meinem Rücken. Ich hatte fast das Gefühl seine Fingerspitzen auf meiner Haut zu fühlen, als würden seine Hände sich auf meine Nackenschuppen legen. Verdammt noch eins! Das musste auch gerade mir passieren. Ausgerechnet ein Mensch! Jetzt sitze ich hier im Auto.

Ich hätte Tom den Platz vorne überlassen, aber zu meiner Überraschung hat er sich zu mir nach hinten gesetzt, als ich eingestiegen war. Da sitze ich nun also und beobachte ihn. Mein Arm ist natürlich noch nicht geheilt, aber ich merke es nicht mehr. Tom starrt aus dem Fenster. Es ist fast als würde er meinem Blick ausweichen. Gut möglich. Vielleicht bin ich zu weit gegangen. Ich musste ja auch so verrückt sein meine telepathischen Kräfte einzusetzen. Möglicherweise liegt es aber auch nur an diesem Drachen. Ich frage mich noch immer was die beiden miteinander zu tun haben.
„Ich verstehe das nicht.", höre ich Tom murmeln, als wir an einer Ampel stehen.
„Was verstehst du nicht?", frage ich ihn.
Jetzt sieht er zu mir. Ich sehe die Verwirrung in seinen blauen Augen.
„Erics Augen. Vor einer Woche waren sie noch braun."
„Lindwurm."
„Hmmm?"
Dieser fragende Blick von ihm ist so süß und bringt meinen Herzschlag durcheinander.
„Lindwürmer verwandeln sich früh. Meist mit 11 oder 12 Jahren.", erkläre ich gedämpft. „Sie haben dann nur noch keine Flügel. Bis sie ihre Flügel bekommen verändern sich ihre Augen. In Menschengestalt erkennt man sie daran dann nicht mehr."
„Was mache ich, wenn er mich nicht in Ruhe lässt?", flüstert Tom.
Ich lehne mich zu ihm vor und hauche ihm zu: „Dann rufst du mich und er bekommt ordentlich eins auf die Krallen." Ich sehe Erschrecken, Zweifel und Besorgnis in seinen Augen. „Ich werde auch ohne verwandelt zu sein mit einem überheblichen Drachen fertig." Ich merke, dass er mir nicht wirklich glaubt und lächele selbstsicher. „Ich weis was ich tue, Tom." Ich sehe ihm direkt in die Augen und schlage einen beschwörenden Ton an: „Vertrau mir!"
„Okay.", erwidert Tom.
Ich lächele und ziehe mich wieder zurück. Einmal zu schnell. Das passiert mir nicht wieder. Mit diesem Jungen will ich definitiv keine Bruchlandung machen.

„Ich fasse es nicht. Mein Sohn steht in der Küche.", erklingt es prustend, während Tom dabei ist die Tomaten zu stückeln.
Ich drehe nur kurz den Kopf. Ein Mann steht in der Küchentür. Er sieht Tom ziemlich ähnlich, obwohl wohl eher anders herum ein Schuh daraus wird. Der Mann ist älter und größer, vielleicht wenige Zentimeter kleiner als ich. Aber sie haben dieselben blonden Haare und die meerblauen Augen. Ich glaube Toms sind eine Spur dunkler.
„Einmal ist immer das erste Mal.", höre ich Anna sagen.
Sie taucht hinter ihrem Mann auf. Ich brauche keine weiteren Anhaltspunkte, um zu wissen, dass es so sein muss.
„Ich bin froh über die Hilfe.", sage ich und wende mich wieder dem Nudelteig zu, immerhin muss das Essen auch fertig sein.
„Ich glaube unser Herr Sohn hat einen Narren an diesem Drachenjungen gefunden.", setzt Anna ihren vorigen Worten hinzu.
„Maamaaaa.", Tom zieht das Wort genervt in die Länge.
„Interessant.", bemerkt Joachim nun.
Ich drehe den Kopf und sehe wie Tom auf die Tischplatte starrt. Seine Wangen sind leicht gerötet und er wirkt beschämt. Oh man! Ich habe das dringende Bedürfnis diese Gefühlsregung zu vertreiben.
„Lasst ihn doch.", sage ich und versuche möglichst beiläufig zu klingen.
Aus demselben Grund mache ich mich wieder an die Nudeln. Es soll auf keinen Fall so wirken, als würde mich das ganze besonders interessieren.
„Scheint als ginge es Quetzal genau so.", lacht Joachim jetzt.
„Papaaa.", dieses Mal schreit Tom fast. Ich fahre sofort herum. Er funkelt seine Eltern aus seinen blauen Augen an. Beinahe fliegen hier blaue Blitze. „Hört auf."
„Lass dich nicht ärgern.", versuche ich ihn zu besänftigen und rühre kurz in der Pfanne herum, damit Gehacktes und Zwiebeln nicht anbrennen. „Ich brauche gleich die Tomaten."

„Wir lassen euch alleine, aber kümmert euch um das Essen und nicht umeinander.", lacht Anna nun und sie verschwindet mit ihrem Mann aus der Küchentür.

„Tut mir leid.", murmelt Tom und hackt nun eher wahllos auf den Tomaten herum.

Gut, dass die ohnehin eingekocht werden. Ich lasse den Nudelteig kurz Nudelteig sein und gehe zu ihm. Vorsichtig, um ihn nicht zu erschrecken, lege ich ihm eine Hand auf den Rücken. Ich habe viele Drachen berührt, deren Haut wärmer ist, als die von Menschen. Dennoch kommt mir diese Berührung selbst mit der Kleidung dazwischen wärmer vor, als alle anderen. Obwohl ich vorsichtig bin, zuckt er zusammen.

„Lass dich von dem Gelaber nicht verrückt machen.", sage ich und gehe zu meiner Arbeitsfläche zurück. Er sieht zu mir. Seine Wangen sind immer noch leicht gerötet. „Außerdem habe ich längst gemerkt, wie ich auf dich wirke."

Er sieht sofort wieder weg. Oh man! Ich und meine große Klappe. Erst kann ich meine Hirnrinden nicht unter Kontrolle halten und jetzt das. Ich schneide die letzten Nudeln und werfe einen Blick in den Kochtopf mit Wasser. Tom keucht auf.

„Ist das nicht heiß?", fragt er, da ich mit den Fingern kurz über dem kochenden Wasser gelandet bin.

„Hitze alleine macht mir nichts aus.", antworte ich ernst. „Aber ich würde weder den heißen Topf berühren, noch in das Wasser greifen. In Feuer auch nicht."

Mir dreht sich plötzlich alles. Ich greife keuchend nach der Arbeitsplatte und schnappe nach Luft. Alleine die Vorstellung ruft die Erinnerung wach.

„Gehts dir gut, Que?", fragt Tom mich.

Echte Sorge klingt aus seinen Worten mit. Ich ringe mir ein Lächeln ab und verdränge die Erinnerungen in den hintersten Winkel meines Geistes.

„Es geht schon, Tom.", erwidere ich und deute auf die Pfanne. „Rühre das mal um." Tom folgt meiner Anweisung, während ich die frischen

Nudeln ins Wasser gleiten lasse. „Jetzt die Tomaten rein. Die müssen richtig einkochen."
„Aye, Aye, Sir.", sagt Tom betont fröhlich und salutiert dabei spielerisch.
Ich muss lachen. Er grinst. Offenbar hat er sein Ziel damit schon erreicht. Meine Laune bessert sich tatsächlich und mache mich an die Soße.
„Bringst du mir den Bärlauch?"
Ich rühre kurz die Nudeln um und widme mich dann der Soße.
„Wozu braucht man Bärlauch?", will Tom wissen.
„Ich vertrage keinen Knoblauch, aber Bärlauch ist ein guter Ersatz. Und Menschen vermeiden Knoblauchmundgeruch damit.", erkläre ich.
„Ich dachte du bist ein Drache und kein Vampir.", scherzt Tom.
„Tja, immerhin trinke ich kein Blut.", lache ich. „Obwohl ..."
Er starrt mich aus großen blauen Augen an, wie das Kaninchen die Schlange. Süß!
„Obwohl?", fragt er mich fast zaghaft.
„Na ja, mein Vater erzählte ..." Ich muss schlucken. Meine Eltern. Can. Blut. Ein blutiges Schwert. Mir wird kurz schwumerig. „Das Blut beim Jagen wäre gar nicht so übel."
„Ihr jagt.", Tom klingt geschockt.
„Nicht mehr so wie vor zwei oder drei Tausend Jahren. Inzwischen gibt es abgesteckte Gebiete, wo Tiere frei Leben und zur Jagd für Drachen freigegeben sind.", erzähle ich. „Natürlich wird das nicht an die große Glocke gehängt. Es gibt schon genug Leute, die uns verurteilen. Wir müssen von denen nicht auch noch als Tiere behandelt werden."
„Also, eines ist sicher. Ein Tier bist du nicht."
„In mir steckt ein Raubtier. Das kann ich nicht leugnen, aber ich bin auch ein intelligentes und vernünftiges Wesen." Mein Ton klingt etwas zu heftig, was diese Worte eindeutig arrogant klingen lässt. Das kann ich nicht abstreiten. „Wir können genauso empfinden wie Menschen, selbst wenn sich manchmal das Raubtier in uns bemerkbar macht."
„Ich habe keinen einzigen Augenblick gedacht, dass du ein Tier bist."

„Das sagtest du schon.", meine Worte klingen etwas spöttisch. Tom sieht zur Seite. Ich könnte mir in den Flügel beißen, oder in den Schwanz. „Das mit dem Blut sollte vielleicht besser kein Menschen erfahren und das mit dem Knoblauch." Ich kann nicht anders, als kurz den Arm um Tom zu legen und ihn an mich zu ziehen. Er sieht mich völlig überrascht an und ich lasse ihn sofort wieder los. „Weist du, diese ganze Höllenbrut- und Teufelskindergeschichte reicht mir ehrlich gesagt. Vampirgerede können wir nicht auch noch gebrauchen."
Während ich das sage, rühre ich in der Pfanne herum. Tom sieht mich nachdenklichem Blick an. Ob er jetzt daran denkt was alles in den letzten Jahren los war? Die Hetzerei wegen dem Feuerspeien. Das Gerede radikalreligiöser Menschen von wegen Kinder des Teufels, oder Brut der Hölle. Selbst hohe Kirchenvertreter. Die Panikmacherei, weil wir Feuerspeien können. Es könnten ja Häuser oder gar wichtige Einrichtungen abbrennen. Als würde ein gewöhnlicher Drache einfach wahllos, irgendwelche Gebäude anzünden. Oder können Menschen kein Feuer legen. Das hat mich schon seit langem immer aufgeregt.
„Wolltest du nicht noch spezielles Brot backen?", fragt Tom mich plötzlich und ich bin ihm dankbar für den Themenwechsel.
Ich bin es wirklich leid mich ständig mit irgendwelchen Dracheneskapaden und menschlichen Hetzereien auseinander zu setzen.
„Stimmt. Aber das mache ich, wenn wir gegessen haben. Sonst zerkocht noch alles.", erkläre ich und schaue kurz nach den Nudeln.
„Fast fertig." Ich überlege. „Der Teig ist schnell gemacht und er kann gehen, während wir essen."
„Gehen?", will Tom wissen und klingt amüsiert. „Der Teig kann gehen?" Ich muss bei seinem Tonfall lachen. Das kann ich nicht unterdrücken. „Was immer das heißt, ich bin Küchenarbeit einfach nicht gewöhnt.", das klingt fast schon beleidigt.
Ich sehe aus den Augenwinkeln zu ihm und ziehe ihn einem Impuls folgend noch einmal an mich. Als ich ihn loslasse wirkt er nicht entspannter, aber der missmutige Zug um seinen Mund und das Funkeln in seinen Augen haben nachgelassen. Sein Ärger scheint

abgeschwächt. Er lehnt sich jetzt zu mir und sieht mir zu, wie ich schnell den Teig soweit vorbereite, dass er erst einmal gehen muss.
„Brotteig muss aufgehen. Du siehst die Veränderung, wenn wir nachher wieder in die Küche kommen.", erkläre ich nun.
Wir machen das Essen in zwei Schüsseln bereit und bringen beides ins Esszimmer. Ansonsten ist der Tisch bereits gedeckt.

Während des Essens hat fast ausschließlich Schweigen geherrscht.
Jetzt sind wir zwar mit Essen fertig, aber die anderen bleiben noch Sitzen und erzählen von ihrem Tag. Ich höre erst einmal nur zu. Bis sie anfangen mir Fragen zu stellen. Ich unterdrücke ein Seufzen. Damit war natürlich zu rechnen. Wer will nicht wissen, mit wem er zusammen wohnt? Außerdem war Anna schon im Supermarkt ziemlich neugierig.
„Wie ist das so mit dem Feuerspeien?", fragt Joachim mich schließlich, nachdem er offenbar der Meinung ist genug über Drachenessen gesprochen zu haben.
„Was genau?", frage ich angespannt.
Ich sollte hier besser nicht zu viel erzählen, aber ich sollte diesen Menschen wohl die Angst nehmen, dass ich ihr Haus niederbrennen könnte.
„Geht das nur in Drachengestalt?", präzisiert Joachim nun.
Ich schüttele den Kopf und setze schnell hinterher: „Es geht in beiden Gestalten, sobald wir uns das erste Mal verwandelt haben."
„Und das Husten?", diese Frage kommt nun von Anna und ich höre die Sorge heraus.
„Das ist der Rauch, wenn die Rachenmuskeln das Feuer ersticken. Solange ich durch das Feuer in meiner zweiten Lunge huste, solange besteht keine Gefahr.", erkläre ich.
„Zweite Lunge?", will Tom wissen. „Und verbrennst du dich nicht?"
„Unsere zweite Lunge produziert ein brennbares Gas, das sich bei Kontakt mit Sauerstoff entzündet, also auch schon in der Luftröhre. Ein Sekret in unserem Körper verhindert, dass wir uns selbst an

unserem Feuer verbrennen." Ich habe genug und erhebe mich. „Ich muss mich jetzt weiter um mein Brot kümmern."
„Ich komme mit.", ruft Tom etwas zu schnell aus, sieht auf die Eichenholztischplatte und beginnt dann eilig den Tisch abzuräumen. Ich muss bei diesem Anblick schmunzeln.

5. Tom – Die andere Seite des Drachen

Ich vergrabe das Gesicht in den Händen und lasse mich auf das Bett zurück fallen. Ich muss vollkommen verrückt geworden sein und meine Eltern waren ja voll peinlich. Fehlt nur noch, dass sie Que nach seiner sexuellen Orientierung gefragt hätten. Ich habe mich allerdings auch nicht unauffällig verhalten. Im Supermarkt, wenn er mich berührt hat, als er zurück in die Küche ist und ich viel zu schnell mitgegangen bin. Das Dudeln meines Handys reißt mich aus meinen unruhigen Gedanken.
`Bist du noch da?´, steht in Marius' Nachricht.
Kein Herzflattern. Kein Bauchkribbeln. Kein Gefühlssturm. Ich muss lachen. Typisch. Besser kann man seine Sorge ja auch nicht ausdrücken. Ich schüttele den Kopf.
`Bin nicht vom Drachen gefressen worden und auch nicht entführt worden.´, schreibe ich amüsiert zurück.
Ich bin froh wieder so sein zu können. Die letzten Monate fiel mir das echt schwer. Das hat sich gelegt und ich werde mich nicht mehr mit Marius' Freundin auseinander setzen müssen. Sie scheint etwas geahnt zu haben, glaube ich zumindest. Jetzt kann ich ihr das Gegenteil beweisen, ohne mich verstellen zu müssen.
`Eine gute Jungfrau in Nöten gäbest du auch nicht gerade ab.´, ich breche in Gelächter aus.
`Gib mir fünf Minuten. Ich komme Fb.´, schreibe ich kopfschüttelnd und stehe auf, um den Computer einzuschalten.
Blödes olles Handy.
`Ich warte.´, ein Idiot.

Marius weis doch, dass ich mit dem Handy nicht ins Netz komme und mein PC immer etwas braucht.

`Dir geht's gut?´, steht bereits in meinen Nachrichten, als ich mich endlich in Facebook eingeloggt habe. `Wie ist der Drache so?´
`Ganz okay. Der kann richtig gut kochen.´
`Ein kochender Drache? Lad mich mal ein. Das muss ich sehen.´
Ich schmunzele und stelle mir das bildlich vor. In dem Moment werde ich wieder ernst. Mir fällt das Gerede meiner Eltern wieder ein und mein eigenes Verhalten Que gegenüber. Das muss Marius eigentlich nicht mitbekommen.
`Mal sehen.´
`Und sonst? Gibt es noch mehr über den Drachen zu sagen.´
`Groß, gutaussehend, arrogant.´, kurz und knapp, lieber nicht zu viel schreiben.
`Ich gucke mal.´ Ich weis was das heißt. Marius will recherchieren.
`Voller Name?´
Ich seufze gebe ihm aber alle Informationen, die er haben möchte. Ob Que in einem der Artikel über den Brandanschlag erwähnt wird. Ich warte zwei Minuten.
`Und?´, ich bin doch zu neugierig.
`Idioten.´, kommt es von Marius.
`Was ist los?´, will ich angespannt wissen.
`Da gibt es doch tatsächlich Leute, die behaupten, dass er für den Brand verantwortlich ist und die Behörden nur Angst hätten es öffentlich zu machen.´
Ich springe wütend auf und laufe hin und her. Ohne nachzudenken kicke ich eine leere Getränkedose durch mein Zimmer.
„Alles okay?", ruft Que aus dem Nachbarzimmer.
„Ja, ich bin nur aus Versehen gegen was getreten.", gebe ich zurück. Ich will nicht, dass er das mitbekommt. Er hat es schwer genug. Immerhin ist seine Familie vor kurzem gestorben. Getötet worden! Ich lasse mich wieder auf meinen Schreibtischstuhl fallen und hämmere förmlich meine nächste Nachricht ein. Arme Tastatur!

`Riesen Idioten. Hornochsen. Rindviecher.´
`Beleidige die armen Tiere nicht.´ Ich lächele matt. Das hebt meine Laune nicht viel. `Ob der Drache auch Fb hat?´
Das ist doch mal eine Idee. Ich tippe Ques Namen in die Suchleiste ein. Selten genug, um ihn schnell zu finden, wenn es ihn dort gibt. Tatsächlich taucht ein Account auf. Ich klicke ihn an, aber das öffentliche Profil gibt nicht viel her. Sekunden lang überlege ich.
`Hier steht kaum was.´, schreibe ich Marius wieder.
`Schick ihm eine Freundschaftsanfrage.´, ist sein Vorschlag.
`Ich weis nicht.´, soll ich das wirklich machen?
`Na los. Wann hat man schon mal die Gelegenheit etwas mehr über einen Drachen zu erfahren.´
Ich hole noch einmal tief Luft und schicke die Anfrage dann raus.
„Soll ich diese Anfrage jetzt wirklich annehmen?", höre ich Que spöttisch aus seinem Zimmer rufen und ich schlucke.
Im nächsten Moment leuchtet bereits die rote 1 auf und signalisiert mir, dass er meine Anfrage angenommen hat. Ich aktualisiere die Seite und sein Profil erweitert sich vor meinen Augen. Das erste sind Bilder. Auf einem Bild sehe ich zwei Teenager, die sich absolut ähnlich sehen. Ich wusste nicht, dass Que einen Zwillingsbruder hat, oder eher hatte. Das muss hart für ihn sein. Ich sehe die zwei auf verschiedenen Bildern zusammen herumalbern. Sie scheinen sich ziemlich gut verstanden zu haben. Ob Que sich diese Bilder öfter ansieht? Oder ignoriert er sie und verdrängt die Erinnerung? Andere Bilder zeigen ihn mit anderen Personen. Auf ein paar wenigen Bildern ist er mit verwandelten Drachen zu sehen. Manche größer als er, andere gerade mal so groß wie ein Schäferhund. Ich kann mich täuschen, aber ich meine drei oder vier verschiedene Drachen zu erkennen. Ich scrolle weiter herunter. Ich sehe Markierungen von verschiedenen Orten, an denen er bereits war. Offenbar war er des Öfteren in Asien. Ich kann allerdings nicht sagen aus welchem Land die Schriftzeichen sind. Und er war schon mal in Mittelamerika. Weit herum gekommen. Dagegen kommt man sich selbst ziemlich ungebildet vor. Ich scrolle weiter, um diese Gedanken los zu werden. Verschiedene Basketballvereine. Das ist wohl so etwas

wie sein Sport. Bei der Größe wundert mich das nicht sonderlich. Ich sehe mich weiter auf seiner Seite um. Die Bands und Musiker sagen mir gar nichts, dabei bin ich ziemlich aufgeschlossen, was das angeht. Vielleicht ist das echte Drachenmusik. Die Filme sehe ich mir nicht allzu lange an. Alles nicht so meins. Bei den Fernsehsendungen entdecke ich etliche Krimiserien. Nirgendwo, nicht einmal unter Spielen, kann ich irgendetwas Fantasymäßiges ausmachen. Bei den meisten Leuten finde ich zumindest eine Kleinigkeit in diese Richtung. Na ja, vielleicht ist das bei Drachen auch etwas anderes. Deren Leben enthält wohl genug Fantasy.
`Und?´, meldet sich Marius wieder.
Ich schreibe ihm ein bisschen. Dann verabschiedet er sich. Seine Freundin ist wohl gekommen. Ich schalte den PC wieder aus und lege mich wieder aufs Bett. Ich hätte ja gerne sein Profilfoto abgespeichert, aber dort ist nur ein gelber Drache abgebildet. Die restlichen Fotos zeigen ihn nie alleine. Ich bin nicht in der Stimmung jetzt noch groß mit einem Grafikprogramm herumzuwerkeln.

Ich kann nicht schlafen. Ich muss die ganze Zeit über die Ereignisse des Tages nachdenken. Es ist nur ein Tag vergangen, aber es hat sich so viel verändert. Ich höre ein schlagendes Geräusch und zucke zusammen. Es kommt von nebenan. Ques Zimmer. Was ist da los? Ich spitze die Ohren. Ich bin neugierig, wie bei allem was ihn betrifft.
„Nein. Nicht.", höre ich seine Stimme.
Es ist mehr ein Murmeln, kein wirkliches Rufen, wie ich es bei solchen Worten erwartet hätte. Vor allem, da es verdammt verstört wirkt. Ich setze mich auf und steige aus dem Bett. Ich bin ohnehin wach und ich will das nicht hören. Que klingt nicht so, als ginge es ihm gut. Ich verlasse mein Zimmer überstürzt. Vor Ques Zimmer bleibe ich zögernd stehen. Darf ich das einfach so tun? Que stößt einen Laut aus, den ich kaum beschreiben kann. Etwas stöhnen, etwas knurren und noch etwas anderes. Dieses Geräusch durchbricht meine Gedanken. Ohne lange nachzudenken öffne ich die Tür und betrete den Raum, in dem kaum etwas persönliches zu erkennen ist. Er ist ja auch erst seit

heute hier. In meinem Zimmer sieht es mit Fotos und Postern ganz anders aus. Der Gedanke verblasst sobald ich sehe, wie Que sich unruhig im Bett hin und her dreht. Er schläft, aber offenbar träumt er schlecht.

„Can.", ein leises Murmeln. Was soll das heißen? „Ma. Pa."
Er drehte sich wild herum und schlägt dabei mit dem Arm gegen die Wand neben dem Bett. Es knallt. Ich erkenne eine frühere Schlagspur in der Wand. Offenbar ist es das was mich überhaupt erst aufmerksam gemacht hat. Ich trete näher ans Bett. Selbst in diesem Zustand ist er schön. Ich zögere ihn zu wecken.
„Nein.", murmelt er im Schlaf.
Das reicht. Ich kann mir nicht mehr mit ansehen, wie er sich vor meinen Augen quält.
„Que?", spreche ich ihn an. Ich wiederhole seinen Namen mehrmals. Er reagiert mit einem Brummen und dreht sich wieder herum. Wie kriege ich ihn nur wach? Ich strecke die Hand aus und berühre seine Schulter. „Que?", versuche ich es noch einmal. Er dreht sich. Meine Hand verrutscht und landet auf seinem Rücken. Die Stelle ist kochend heiß. „Que?"
Er reagiert plötzlich blitzschnell. Ich kann nicht genau beschreiben was geschieht. Nur das Ergebnis. Ich lande an der Wand neben dem Bett. Er direkt vor mir. Dunkelbraune Augen mit orangen Linien darin sehen mich an. Sie weiten sich. Que schüttelt den Kopf und lässt mich los.
„Sorry.", murmelt er.
„Was ist los?", frage ich, als er sich abwendet.
„Nichts. Geht schon.", weicht er mir aus.
„Du hast schlecht geträumt, also erzähl es mir, Que. Ich bin nicht blöd. Dein Rücken ist kochend heiß.", rege ich mich auf.
Das rührt vor allem daher, dass ich nicht weiß was los ist. Ich will ihm helfen, aber so kann ich das nicht. Vor allem, warum ist sein Rücken so heiß. Ich weiß, dass ich verzweifelt klinge. Bei meinem Ton dreht sich Que wieder zu mir um.
„Meine Flügel.", sagt er dann. „Ihr Abbild zeichnet sich seit Beginn der Pubertät auf meinem Rücken ab. Je länger es dauert bis man sich

verwandelt, desto heißer werden sie." Ich mustere ihn ernst und skeptisch. „Das ist wie mit unseren Körpern nach der Verwandlung."
„Hmmm?", ich weiß nicht wie ich die Frage formulieren soll.
„Wenn wir uns zu lange nicht verwandeln, nachdem wir es einmal getan haben, werden unsere Körper immer heißer.", erklärt er mir und dreht sich wieder weg. „Jetzt weist du es. Du kannst also gehen.", er klingt so abweisend.
Da stimmt etwas nicht. Ich straffe die Schultern. Ich werde mich nicht so einfach abspeisen lassen. Ich will ihm helfen.
„Das ist nicht alles. Was heißt Can?", breche ich das Sekundenlange Schweigen. Que zuckt merklich zusammen. Jetzt bin ich sicher. „Du hattest einen Alptraum und der hatte nichts mit deinen Flügel zu tun." Que setzt sich auf die Bettkante und starrt auf seine Hände. Der stolze, arrogante Teenager wirkt in diesem Moment so zerbrechlich, dass es mich überrascht. Da ist es mir lieber, wenn er überheblich und selbstsicher ist. So wie er sich Eric gegenüber verhalten hat.
„Es muss dich nicht interessieren.", wispert er.
Mir pocht das Herz bis zum Hals. Aber ich will es. Ich möchte ihm helfen. Für ihn da sein.
„Das tut es aber. Du sollst mit mir reden.", ich lege alle Überzeugungskraft zu der ich fähig bin in meine Worte.
Er sieht zu mir. Das Orange in seinen Schokoladenaugen hat jetzt die Oberhand übernommen. Wie seht muss das alles diesen Typen berühren, wenn er sich plötzlich so verändert. Überraschend klopft er neben sich auf die Matratze. Ich lasse mich mit einem mulmigen Gefühl in der Magengegend neben ihm nieder. Seine Nähe bringt mich durcheinander und das jetzt wo ich mich konzentrieren sollte.
„Can, … Kulcan, ist … war mein Bruder." Er muss in dem Brand gestorben sein. Que sieht so gebrochen aus. Ich berühre ihn vorsichtig an der Schulter. Im nächsten Moment schlingt er die Arme um mich, drückt mich fest an sich. Es ist gerade so zum aushalten. Mein Herz schlägt einen hektischen Purzelbaum. Ich höre seine Stimme an meinem Ohr. „Blut, überall Blut. Das Schwert … voller Blut." Er murmelt Worte, die für mich keinen Zusammenhang ergeben. „Feuer,

Stein." Ich kann nicht mehr tun, als seine Umarmung zu erwidern und seinen heißen Rücken vorsichtig zu streicheln. „Lass mich nicht alleine, Tom.", ich kann nicht anders, als zu nicken.
Er scheint die Regung wahrzunehmen und legt sich zurück aufs Bett und zieht mich mit. Mein Kopf landet auf seiner Brust. Ich höre sein heftig schlagendes Herz. Das muss ihn alles so sehr aufwühlen.

Ich erwache von gemurmelten Worte und einem leichten Rütteln an meiner Schulter. Wann bin ich eingeschlafen? Auf einen Schlag kehrt die Erinnerung zurück. Bin ich immer noch bei Que? Die sich hebende und senkende Brust sagt eindeutig ja. Ich schlage die Augen auf und sehe zu ihm hoch. Das Orange in seinen Augen ist zurück gegangen. Augen wie Zartbitterschokolade. Zumindest fast.
„Danke, Tom.", flüstert er mir zu. „Ich weiß, dass das für Menschen ungewöhnlich ist."
„Hmmm?", ich bin zu müde für Worte.
„Es ist für Drachen nicht ungewöhnlich zu kuscheln, auch wenn man keine so enge Bindung hat, wie Familie oder Partner. Also auch öfter mit Freunden und so.", versucht er zu erklären und ich spüre einen Stich in der linken Brust. Ich hatte gehofft, dass es an mir liegt, aber er ist einfach nur seinem Drachenwesen gefolgt. „Es ist so ähnlich wie bei Wölfen."
„Und du willst kein Tier sein?", necke ich ihn, um meinen wahren Gemütszustand vor ihm zu verbergen.
„Du weist was ich meine.", lacht Que.
Ich stehe schnell auf. Seine bisher so angenehme Nähe ist plötzlich eine Belastung geworden. Ich muss hier raus.
„Ich mache mich fertig.", murmele ich.
„Du bist ein echt toller Mensch, Tom.", höre ich seine Stimme sagen. Ich verlasse schnell den Raum. Was nützt es mir ein toller Mensch zu sein? Er ist ein Drache und wird Menschen wohl nie als gleichberechtigt erachten. Was immer ich jetzt auch tue, ich darf Hoffnung in Bezug auf ihn einfach nicht mehr zulassen.

6. Quetzal – Menschliche Schule

Ich habe nicht viel geschlafen. Vielleicht zwei oder drei Stunden. Toms Duft und seine Nähe haben mich fast die ganze Nacht wachgehalten und da war auch die Angst vor neuen Alpträumen. Ich will die Erinnerungen nicht immer wieder sehen. Das soll aufhören. Tom festzuhalten hat zumindest etwas geholfen. Das Frühstück verläuft still, abgesehen von einem meiner Hustenanfälle. Es ist irgendwie eine gedrückte Stimmung. Ich bin in Gedanken. Ich frage mich noch immer, was mit Tom los ist. Am Morgen hat er seltsam gewirkt und er isst auch kaum etwas. Ich muss echt verrückt werden, denn noch vor 24 Stunden hätte ich ohne zu zögern einen Blick in seine Gedanken geworfen. Als ich die Treppe hinunter gehe, nachdem ich meine Schulsachen geholt habe, steht Tom bereits an der Tür. Ich schließe kurz die Augen. Ein Engel! Er dreht sich um. Da habe ich die Augen schon wieder geöffnet. Ich grinse ihn an. Ich kann nicht anders. Ich weis, dass es spöttisch und frech wirkt. So bin ich nun mal. Ich will mich nicht verstellen.
„Beeilt euch. Ich muss rechtzeitig zur Arbeit.", meldet sich Joachim zu Wort.
Ich hatte nicht vor so lange auf der Treppe stehen zu bleiben, wie ich es gerade getan habe. Ich sehe Toms Vater kurz an. Ich überspringe die letzten Treppenstufen. Automatisch sehe ich wieder zu Tom. Sein Meeresblick mustert mich. Ich trage eine einfache Jeans und ein T-Shirt. Zugegeben, beides liegt ziemlich eng an, aber das ist nicht SO außergewöhnlich. Ich grinse dreist und lehne mich zu Toms Ohr. Joachim hat sich bereits umgedreht und die Tür geöffnet.
„Gefällt dir was du siehst?", frage ich flüsternd an Toms Ohr.
Ich höre, dass sein Atem sich beschleunigt und mein Grinsen wird breiter. Ich trete wieder zurück und obwohl Tom keinen Ton sagt, sehe ich in seinen Augen, dass ich mit meiner Frage voll ins Schwarze getroffen habe. Volltreffer! Sehr gut. Daraus lässt sich was machen. Schließlich habe ich noch immer bekommen, was ich wollte. Ich verlasse hinter Joachim das Haus. Sein Auto, ein Kleinwagen, steht in

der Einfahrt vor der Garage. Ich weiß, dass Annas Wagen in der Garage steht.
„Tom!", ruft Joachim, als sein Sohn noch nicht bei uns ist, als ich die Tür öffne.
Ich rutsche auf die Rückbank. Toms Augen ruhen Sekunden lang auf mir. Er sieht zum Beifahrersitz. Dann steigt er zu mir hinten ein. Wie gestern. Ich grinse. Am liebsten würde ich ihn ja an mich ziehen, aber stattdessen schnalle ich mich an und lehne mich grinsend auf der anderen Seite halb gegen die Tür, halb gegen die Rückenlehne. Tom guckt kurz zu mir und sieht dann wieder weg. Ich warte ab. Die Fahrt zur Schule über sieht er immer wieder kurz zu mir hinüber und wendet sich ab, wenn er sieht, dass ich es bemerke. Das tue ich immer, denn im Gegensatz zu ihm nehme ich meinen Blick nicht eine Sekunde lang von ihm ab. Einmal ziehe ich eine Augenbraue hoch, als er zu mir sieht und er blickt noch schneller weg. Dich krieg ich!

Joachim hält direkt vor dem Tor zum Schulhof. Tom sprintet förmlich aus dem Auto. Da habe ich wohl jemanden reichlich nervös gemacht.
„Pass auf was du tust.", warnt Joachim mich.
Ich nicke nur und grinse dann. Langsamer als Tom verlasse ich das Auto und nehme seinen Rucksack mit. Den hat er in seiner Eile glatt vergessen. Der Stoff ist abgetragen und schon älter. Ich frage mich, wie lange die Schulterriemen noch halten werden. Mein Rucksack dagegen ist neu. Eastpak! Toms von einem Nonameherstellter. Was für ein Unterschied, aber das ist mir ziemlich egal. Nur ob es ihm auch so egal ist? Ich straffe die Schultern und gehe durch das Tor auf den Schulhof. Ein Mädchen ist kurz vor mir hindurch gegangen. Sie lacht und springt Tom von hinten an. Ich ziehe die Augen zu Schlitzen zusammen, als er etwas aus dem Gleichgewicht gerät. Als er dann jedoch lacht und „Maja!" sagt, entspanne ich mich wieder. Allerdings wünsche ich mir, dass er so mit mir lacht. Er dreht sich im Kreis und wirkt zum ersten Mal entspannt und gelöst. Dann setzt er das Mädchen, Maja, ab. Sie ist fast so groß wie er. Ihre braunen Haare sind nach der Aktion kurz zuvor durcheinander gewirbelt und ihr grauen Augen

leuchten fröhlich. Ich kann von Glück sagen, dass Tom schwul ist.
Dieses Mädchen ist wirklich eine Schönheit und noch vor wenigen
Tagen hätte ich sicher mit ihr geflirtet. Jetzt ist es mir erschreckend
egal geworden. Mit Tom ist es mir egal geworden.
„Morgen!", ruft eine fröhliche Jungenstimme hinter mir und ein Junge
läuft an mir vorbei.
Wann bin ich eigentlich stehen geblieben? Das macht mich noch
verrückt. Er ist dunkelhaarig. Irgendwo zwischen dunkelbraun und
schwarz. Meine Größe, ungefähr. Etwas pummelig.
„Morgen, Alex!", erwidert Tom die Begrüßung und Maja schließt sich
ihm an.
Es dauert nur zwei oder drei Sekunden, dann sind ein weiterer Junge
und ein Mädchen bei den dreien. Das Mädchen hat schwarze Locken,
die ihr locker über den Rücken fallen bis zur Hüfte. Sie ist zierlich.
Von meiner Position aus kann ich ihre Augen nicht erkennen. Sie ist
stark gebräunt, als hätte sie die Sommerferien viel in der Sonne
verbracht. Bei dem Jungen neben ihr sieht es genau so aus. Er hatte
dunkelblonde Haare, etwas länger als Toms. Nicht unattraktiv. In
seinen graublauen Augen sehe ich Zärtlichkeit, als er das Mädchen
neben sich ansieht. Ich gebe meine Beobachtungen auf und trete hinter
Tom. Nicht so nah, wie wenn wir alleine gewesen wären.
„Tom?", spreche ich ihn an.
Er zuckt kurz zusammen und dreht sich dann zu mir um. Ich muss
grinsen. Geht meine Anwesenheit ihm wirklich so nah?
„Wer bist du denn?", fragt Alex misstrauisch.
„Quetzal.", sagt Tom statt meiner. „Was gibt's?"
„Du hast deinen Rucksack liegen lassen.", lache ich und halte ihm
besagten Rucksack entgegen.
„Ähm … ja, dann … äh … danke.", meint Tom und nimmt mir den
Rucksack aus der Hand.
Mein Grinsen wird breiter. Ich scheine ihn ja ganz schön nervös zu
machen.
„Du bist Quetzal Carupa?", meldet sich Maja zu Wort.

Ich schiebe die Hände in die Hosentaschen und nicke. „In Lebensgröße, junge Dame."
Sie verdrehte die Augen, aber ich sehe noch etwas anderes in ihrem Blick. Es überrascht mich nicht. Ich weiß ziemlich gut, welche Wirkung ich auf Männer und Frauen ausübe. Der Carupa-Effekt. Das hat Can mal beim Shoppen dazu gesagt. Uns folgen immer die Blicke. Beeindruckt, anhimmelnd! Wir sind auch nicht gutherzig genug, um das nicht auszunutzen. Wir können sehr charmant sein, wenn wir wollen. Ich sehe von Maja zu Tom zurück. Ich will gar nicht.
„Ungewöhnlicher Name.", meint der Junge, der als letztes zu der Clique gestoßen ist. Er streckt mir im nächsten Moment seine Hand entgegen. „Ich bin Marius."
„Quetzal.", nicke ich und ignoriere die mir hingehaltene Hand.
Seine Augen ziehen sich zu Schlitzen zusammen. Es gefällt ihm nicht. Er merkt gerade offenbar wie ich drauf bin. Wie arrogant ich bin. Die Schulglocke unterbricht uns. Ich gehe auf den Eingang des Schulgebäudes zu. Viele Schüler streben darauf zu. Mal mehr, mal weniger enthusiastisch. Viele eher letzteres, wenn ich mich nicht irre. Ich irre mich selten. Sehr selten! Das es überhaupt vor kommt, würde ich vor anderen niemals zugeben. Nicht einmal vor meiner Familie! Mein Magen krampft sich zusammen. Ich betrete das Gebäude schnell und weiche zur Seite aus. Ich sehe mich aufmerksam um und begebe mich dann zum Sekretariat. Die Beschilderung ist zum Glück gut.

Die Sekretärin starrt mich mit großen Augen an. Sie ist eher der Typ graue Maus und im Privaten hätte ich ihr sicher nicht einen einzigen Blick geschenkt. Carupa- oder Dracheneffekt? Ich klinke mich kurz in ihre Gedanken ein: ~Blödsinn. Er ist jünger als mein Sohn. So sollte ich nicht an ihn denken. Außerdem ist er ein Drache.~ Ich kann mir die ersten Gedanken, die ich verpasst habe, durchaus vorstellen. Carupa-Effekt. „Moment.", sagt sie nachdem sie die erste Überraschung überwunden hat. Eine ältere Frau, mit bereits grauen Haaren, tritt durch eine Schwingtür in den Bereich der Mitarbeiter. Die Sekretärin

scheint erleichtert. „Gut, dass sie kommen, Frau Leicht. Hier ist gerade Quetzal Carupa eingetroffen. Er sollte doch in ihre Klasse."
Ich nicke der Lehrerin zu, als sie sich zu mir dreht.
„Warte kurz hier, Quetzal. Du kannst mich gleich begleiten.", sagt sie zu mir.
Ich lehne mich neben der Tür an die Wand und sehe zu der Sekretärin, die sich inzwischen ihrem Computerbildschirm zugewandt hat. Frau Leicht ist in einem angrenzenden Raum verschwunden. Ich warte ungeduldig, auch wenn mir das niemand ansehen würde. Schließlich kommt meine neue Klassenlehrerin zurück, eine Mappe unter dem Arm.
„Komm, Quetzal.", fordert sie mich auf.
Beim Weg aus der Tür werfe ich noch einen Blick zurück. Ich begegne dem Blick der Sekretärin und setze ein charmantes Lächeln auf. Ein Gedankenblick: ~Zu jung. Zu jung.~
Ich könnte lachen, aber das verkneife ich mir. Ich will keine Erklärungen liefern. Ich will nicht, dass zu viele Leute meine Kräfte so genau kennen.

Das Klassenzimmer liegt fast ganz oben. Es ist nur noch ein Stockwerk darunter. In einem Korridor mit einigen anderen Klassenräumen. Das ist mir neu. Bisher bin ich in der Vereinigung unterrichtet worden. Halb mit menschlicher, halb mit drachlicher Geschichte. Durch eine Glastüre gelangen wir in einen Korridor von dem fünf Türen abgehen. Unser Weg führt zur letzten dieser Türen. Frau Leicht öffnet sie und Lärm schlägt uns entgegen. In dem Klassenzimmer ist einiges los. Gerede und die Geräusche von Handys deren Tasten gedrückt werden. Auch das Klappern von Stiften auf Holz. Ich nehme eine lässige Haltung an, obwohl ich das nicht gewöhnt bin. Ich betrete hinter der Lehrerin das Zimmer und ziehe die Tür hinter mir zu. Mein Blick schweift nur einmal kurz über meine neuen Mitschüler. Drei vielleicht auch vier sind etwas älter, als die anderen. Sie wiederholen vermutlich das zehnte Schuljahr. Insgesamt zähle ich 21 Schüler. Mit mir sind das also 22 Schüler, wenn nicht noch jemand krank ist. Nach unserem

Eintreten herrscht plötzlich Ruhe. Ich sehe Handys in Taschen verschwinden, aber auch das einige unter dem Tisch landen, wo heimlich weiter lautlos darauf getippt wird. Ich ignoriere es und frage mich, ob Frau Leicht es vielleicht auch bemerkt hat und einfach nur ignoriert. Darauf ansprechen werde ich sie aber nicht und es interessiert mich nicht genug, um in ihre Gedanken zu blicken.
„Guten Tag." Die Klasse antwortete im Chor mit den selben Worten. Ich muss an eine Gruppe abgerichteter Amphis denken und unterdrücken ein Lachen. „Ich möchte euch einen neuen Mitschüler vorstellen. Das ist Quetzal Carupa. Stell dich doch bitte kurz vor."
Ich sehe die Schüler an, mit denen ich wohl die nächste Zeit viel Zeit verbringen werde.
„Ich bin Quetzal Carupa, 16, Drache, Lung.", kurz und knapp, reicht doch.
Ich merke das einige meiner zukünftigen Mitschüler kichern, aber sie werden noch früh genug begreifen, dass ich nicht dumm bin. Frau Leicht blickt mich irritiert an. Ich ziehe nur eine Augenbraue hoch und durchbohre sie mit meinem Blick. Gleichzeitig setze ich jedoch ein Lächeln auf und es dauert höchsten zwei Sekunden, dann ist alles in Ordnung. Carupa-Effekt!
„Dann such dir mal einen Platz.", meint sie nur wohlwollend.
Ich bemerke einen freien Platz neben Tom. Das wundert mich etwas, da er ja eine ziemlich stabile Clique zu haben scheint. Alex und Maja sitzen nebeneinander. Marius hat einen Platz neben seiner Freundin. Tom sieht kurz zu den Beiden. Vielleicht hat dieses Mädchen auch vorher nicht dazu gehört. Ich kann verstehen, dass ein Junge bei seiner Freundin sitzen möchte, aber das geht zu Toms Lasten. Für mich allerdings ist es ein Glücksfall. Ich habe die Möglichkeit ihm näher zu kommen. Ich muss nicht überlegen wo ich mich hinsetze. Mit wenigen Schritten bin ich bei Tom angekommen und er rückt seine Sachen etwas zu recht, damit ich Platz habe. Unsere Blicke begegnen sich und ich lächele kurz. Wir verharren einige Zeit so. Ich habe das Gefühl den Blick gar nicht abwenden zu können. Dann sieht Tom weg und wirkt etwas unruhiger. Die Lehrerin beginnt mit einem Vortrag und schreibt

uns verschiedene Dinge an die Tafel. Stundenplan. Arbeitsmaterial. Ich schreibe mit, merke aber, dass viele meiner neuen Mitschüler immer wieder zu mir sehen. Die meisten sind noch nie in ihrem Leben einem Drachen begegnet. Ich kann die Angst in der Luft riechen. Ich höre Geflüster, aber verstehe die Worte nicht. Die Klasse ist in Aufruhr. Frau Leicht erklärt noch einige Dinge. Ich lausche ohne Begeisterung. Schließlich verabschiedet die Lehrerin uns in die erste richtige Unterrichtsstunde. Ich werfe einen Blick in den abgeschriebenen Stundenplan. Geschichte. Könnte interessant werden. Obwohl ... Nur die menschliche Geschichte zu hören. Ich weiß ja nicht.

Ich könnte aufstöhnen. Natürlich tue ich das nicht. Das hier ist echt irre. Die eine Hälfte der Klasse hat fast schon panische Angst vor mir. Die andere Hälfte platzt beinahe vor Neugier. Ich kann die Fragen nicht mehr zählen, die sie im Geschichtsunterricht gestellt haben. Als könnte der Lehrer das sagen. Na ja, ich könnte die Fragen schon zählen, wenn ich wollen würde. Die Fragen gibt Herr Maaß direkt an mich weiter. War ja wohl klar.
„Welche Fähigkeiten haben Drachen noch außer Feuerspeien?", ist eine der Fragen die ich grimmig abschmettern muss.
Ich könnte von meinen Kräften reden, aber ich tue es nicht. Über die Fähigkeiten anderer Drachen rede ich gar nicht erst. Wäre ja noch schöner. Viele meiner Klassenkameraden reagieren missmutig auf meine Ablehnung. Mit schlägt bald eine Welle von Verachtung entgegen. Was immer ich tun werde, es wird immer mindestens eine Gruppe geben, die so auf mich reagieren wird. Das weiß ich schon seit wir Drachen den Menschen unsere Existenz verraten haben. Endlich klingelt es und die Stunde ist vorbei. Als nächstes haben wir Chemie und diese Stunde ist die Langeweile in heftigster Form. Herr Waidmann macht keinen Hehl daraus, dass er Drachen nicht leiden kann. Er ignoriert mich einfach, egal was passiert. So ein Idiot. Danach noch Englisch, auch langweilig, aber nur weil ich den Stoff schon kenne.

7. Tom – Meine Freunde

Unsere zwei letzten Stunden fallen aus. Es hat natürlich keiner aus der Klasse Sportsachen dabei. Deshalb bleibt uns dieser Unterricht diese Woche erspart. Dabei frage ich mich schon, ob Que überhaupt daran würde teilnehmen können.
„Der einzige Bus ist vor einer Dreiviertel Stunde gefahren.", bemerke ich mit einem Blick auf die Uhr. „Mama hat erst in anderthalb Stunden Arbeitsende."
„Laufen?", schlägt Que vor und ich stöhne auf. „Oder wir gehen in die Stadt." Das sagt mir mehr zu und ich nicke. Er zieht mich kurz an sich. Mein Herz stolpert. Ich muss mich daran erinnern, dass das einfach nur seine Drachenseite ist. „Gut."
„Ich komme mit.", teilt Marius mit.
Klar. Seine Eltern wissen ja auch nicht wie lange wir heute Unterricht hatten. Und kaum ist mein bester Freund mit von der Partie schließt sich auch seine Freundin an. Alex verabschiedet sich. Er hat seiner Mutter versprochen in ihrem kleinen Laden zu helfen. Maja beschließt ebenfalls mit zu kommen. Que lässt mich wieder los. Ich ignoriere die merkwürdigen Blicke meiner Freunde. Das will ich keinesfalls näher ausführen. Schon gar nicht in Ques Gesellschaft.

Que knurrt. Ich zucke zusammen. Er schiebt seinen Tomatensaft von sich. Der Kellner ist nicht weit entfernt. Natürlich bekommt er das sofort mit. Der Mann starrt Que erschrocken an.
„Ich hatte gesagt, ohne Gewürze.", stößt Que arrogant und herablassend aus.
Meine Freunde schnappen bei seinem Tonfall nach Luft und starren ihn an. Ich beiße mir auf die Unterlippe. Es macht mir viel zu wenig aus, das zu erleben. Maja fixiert mich musternd. Ihr Mund verzieht sich unwillig. Sie scheint zu ahnen was in mir vor geht. Ich begegne ihrem Blick kurz, kann ihm aber nicht lange stand halten. Ich bin sicher sie weiß Bescheid.
„Bitte sehr.", murmelt der Kellner, als er den neuen Tomatensaft bringt.

„Danke.", sage ich, als Que keinen Laut von sich gibt. Ich warte bis der Mann weg ist und beuge mich zu Que. „Bitte und Danke zu sagen ist eine Frage der Höflichkeit.", flüstere ich ihm ungehört von den anderen zu.
Er lehnt sich direkt zu meinem Ohr. Sein Atem beschert mir eine heftige Gänsehaut, als er zurück flüstert: „Danke, Süßer."
Ich weiß nicht, ob er das ernst meint, aber die Anrede beschleunigt meinen Puls. Das Grinsen, das sich auf seinen Zügen abzeichnet, als er sich zurück zieht ist spöttisch. Ich schlage nach ihm und sage: „Idiot."
Que lacht nur. Er nimmt das nicht ernst und das ist es eigentlich auch nicht. Ob er das bemerkt?
„Der Lung lässt sich beleidigen, dass ich das noch erleben darf. Jetzt kann ich in Ruhe sterben.", ertönt eine mir unbekannte Stimme.
Ich drehe den Kopf. Ein Teenager steht an unserem Tisch. Ein Drache, gutaussehend, aber nicht mit Que zu vergleichen. Seine Augen beweisen sein inneres Wesen. Que dreht sich nicht um. Seine Stimme klingt monoton: „Hier spricht der automatische Anrufbeantworter von Quetzal Carupa. Hinterlassen sie eine Nachricht. Falls es sich um Jilocaren handelt bitte erst auf sprechen, wenn sie wieder vernünftig sind."
Ich muss einfach lachen und dem fremden Drachen geht es genau so. Er klopft Que auf die Schulter und grinste ihn an.
„Na, bessere Laune, Majestät?", fragt er.
Que verdreht die Augen und schnaubt: „Bis gerade eben."
„Majestät?", kommt es geschockt von meinen Freunden.
Ich kann Que bei dieser Anrede nur sprachlos anstarren. Er schüttelt den Kopf und sieht mich an. Dann seufzt er: „Ich bin ein Lung. Lung haben fünf Krallen, andere Drachen vier. Mein Vater ..." Er stockt kurz. Vermutlich denkt er an das war mit seiner Familie passiert ist. „... hatte gelbe Schuppen, wie die kaiserlichen Drachen von China. Die hatten auch fünf Krallen."
„Ein Wortspiel.", grinst der andere.
„Ein Bescheuertes, noch dazu.", schnaubt Que.

Es gefällt ihm ganz offensichtlich nicht. Ich bin überrascht. Wenn ich so arrogant wäre wie er, würde ich mir darauf so einiges einbilden. Das verwirrt mich wirklich.
„Willst du mitkommen? Leila wartet auf mich.", meint Neuankömmling.
Ich sehe zwischen den beiden hin und her. Que greift nach seinem Glas und leert es in einem hastigen Zug. Er dreht sich zu mir und lächelt. Mein Herzschlag beschleunigt sich. Dann drückte Que mir einen Geldschein in die Hand und sagt: „Bezahle für mich mit. Xaron bringt mich nachher zurück." Ich bin völlig verblüfft. Für einen plötzlich aufgetauchten Drachen lässt er alles stehen und liegen. Das erinnert mich an seine Worte heute morgen und das tut weh. „Das Restgeld kannst du behalten."
Die beiden Drachen rauschen mit einem leisen Abschiedsgruß davon. Ich starre ihnen hinterher. Als ich den Blick auf den Schein in meiner Hand richte trifft mich die Überraschung erneut. Ein 20 Euro-Schein. Das ich den Rest behalten kann, kann nicht Ques Ernst sein.
„Ein arrogantes Arschloch.", reißt Marius mich aus meiner Überraschung. Ich starre ihn an. „So was bescheuertes."
„Arrogant ja, aber ziemlich heiß.", stellt Maja fest und da muss ich ihr recht geben, leider. Ques Arroganz ließe sich leichter aushalten, wenn er weniger gut aussehen würde. „Aber vermutlich weiß er ganz genau, wie er auf andere wirkt und vielleicht ist er deshalb so arrogant."
„Vielleicht hat er es bei seinem Bruder gesehen.", überlege ich und die anderen sehen mich fragend an. „Zwillinge." Jetzt nicken sie. „Er hält glaube ich nicht so viel von Menschen."
„Von uns nicht, aber von dir scheint er recht angetan zu sein.", stellt Maja fest.
Ich presse die Lippen aufeinander und will lieber nicht näher darauf eingehen. Ich fühle mich im Augenblick mehr wie ein Ersatz, als alles andere. Ein Ersatz für das was der Drache in ihm braucht. Nähe, Zusammengehörigkeit. In mir krampft sich alles zusammen. Ich will kein Ersatz sein. Ich hebe den Kopf. Ich habe auch meinen Stolz.

„Marius hat recht. Quetzal ist ein arrogantes Arschloch. Heiß vielleicht, aber viel zu überheblich.", sage ich und wundere mich über meine eigene kalte Stimme.
„Jedenfalls weiß er seine Wirkung einzusetzen.", meint Marius' Freundin. Ich muss immer noch schmunzeln, wenn ich daran denke, dass sie denselben Namen trägt wie meine Mutter. „Er hat sogar Frau Leicht um den Finger gewickelt."
„Ich frage mich ja eher auf welcher Uferseite der steht.", meint Maja wieder und ich wende mich ihr etwas zu schnell zu. Stolz hin oder her, es interessiert mich. „So wie er mit Frau Leicht umgegangen ist, aber hier dann fast mit Tom geflirtet hat."
„Na ja, geflirtet wohl eher nicht.", winkt Anna ab.
„Das wohl eher im Supermarkt.", murmele ich und muss unwillkürlich daran denken. An sein Verhalten und seine Stimme in meinem Kopf. „Spielt jetzt auch keine Rolle mehr."
„Ach, ich könnte wetten, dass dieser Drache auch positive Seiten hat.", überlegt Maja.
Ich muss schlucken. Letzte Nacht hat er nicht so arrogant gewirkt. Und außerdem …
„Er kann ziemlich gut kochen.", fällt mir dazu ein.
„Kochen? So ein arroganter Kerl?", fragt Marius mich verblüfft.
„Er ist ein Drache und Drachen können eben nicht alles essen.", verdammt, jetzt rechtfertige ich Que auch noch vor meinen Freunden.
„Kommt ihr noch mit zu mir?", erkundigt sich mein bester Freund.
Ich nicke. Ich habe ja noch etwas Zeit. Muss Mama nur noch eine Nachricht schicken wo ich bin und wo sie mich abholen kann. Nicht besonders prickelnd in einem so abgelegenen Tal zu wohnen, wo nur zwei Mal am Tag ein Bus fährt und das auch nur unter der Woche. Da brauchen beide Eltern ein Auto und man selbst muss ziemlich organisieren. Maja ruft den Kellner und wir bezahlen. Annas Handy klingelt. Sie nimmt an und geht ein paar Schritte weg. Einige Sekunden warten wir, dann kommt sie zurück.

„Ich muss nachhause. Mum muss einer Freundin helfen. Wasser im Keller. Ich muss auf meinen kleinen Bruder aufpassen.", teilt sie uns mit.
Es dauert einige Zeit bis sich Marius und Anna voneinander verabschiedet haben. Was für Turteltäubchen. Das kann einen glatt neidisch machen. Na ja, ich müsste nicht SO turteln, aber eine Beziehung wäre schon schön.

„Und jetzt mal ernsthaft.", fängt Maja in Marius' Zimmer sofort an. „Schwul und an einem arroganten Drachen interessiert." Sie versucht mich festzunageln. „Stimmts, Tom?"
„Sehe ich genau so.", bläst Marius sofort ins selbe Horn, noch bevor ich auch nur im Ansatz widersprechen kann.
Ich stoße ein Seufzen aus und sehe die zwei an. Wenn sie sich so sicher sind, dann hat es gar keinen Zweck mehr ihnen zu widersprechen.
„Was soll ich jetzt sagen?", murre ich.
„Ich kann damit leben, aber sag mir nur eine Sache.", verlangt Marius und ich sehe ihn stirnrunzelnd an. „Warst du je an mir interessiert?"
Die Stunde der Wahrheit, oder? Nein. Das werde ich ihm nicht sagen.
„Nein.", schüttele ich den Kopf und sehe Erleichterung in den Zügen meines besten Freundes.
Ich sehe zu Maja und merke, dass sie mir nicht glaubt, aber sie zuckt mit den Schultern und schweigt dazu.
„Also, dieser Quetzal entspricht wohl genau deinem Typ.", grinst sie mich nun an und lehnt sich neugierig vor. „Erzähl mal. Was findest du an ihm?"
„Das muss doch jetzt nicht sein.", stöhnt Marius auf.
Ich muss lachen. Ein befreiendes Gefühl. Ich merke gerade, dass ich viel zu angespannt war.
„Klappe halten, Hetero.", ruft Maja aus. „Wir haben uns auch immer deines und Alex' Weibergerede anhören müssen."
„Tja, jetzt musst du dir das andere an tun.", grinse ich Marius an. Er seufzt ergeben und ich wende mich Maja zu. „Also, du wolltest wissen

was mich an ihm anzieht?" Sie nickt. Ich wundere mich, dass ich darüber so frei sprechen kann. „Er ist heiß und sexy, aber das weist du ja selbst schon." Sie nickt grinsend. „Das er gut kochen kann, weist du auch." Wieder ein Nicken. Ich lehne mich zurück und überlege etwas. „Er ist mutig und stolz. Ich meine, er kann sich noch nicht verwandeln, aber legt sich trotzdem mit einem Drachen an, der sich schon verwandeln kann." Bei der Erinnerung schlägt mein Herz schneller. „Und das nur um mir zu helfen."
„Echt?", fragt Marius nun doch interessiert.
Ich nicke und kann nicht verhindern, dass ich lächle und hinzu füge: „Und er hat mir versprochen etwas zu unternehmen, wenn so etwas wieder vor kommt."
„Was war denn genau?", bohrt Maja nach.
Ich erzähle was passiert ist. Zum ersten Mal hören meine Freunde von Eric und dass ich mich mit ihm getroffen habe. Ich komme mir jetzt blöd vor. Wie ein richtig mieser Freund, bei solchen Geheimnissen. Es wird auch nicht dadurch besser, dass sie so verständnisvoll zu mir sind, während ich das alles schildere. Und das was seit gestern geschehen ist.
„Auch Drachen kann man erobern.", meint Maja, als ich fertig bin. „Du musst nur kämpfen."
„Ich weiß nicht, ob sich das lohnt.",wispere ich zweifelnd.
Ich sehe in ihren Augen, dass sie alles tun wird, um mich aufzubauen und mich zu unterstützen.
„Also, Jungs, machen wir Pläne.", Maja reibt sich die Hände und ich seufze lautlos.
Das kann noch was werden.
„Was hast du denn vor?", frage ich zögerlich.
„Zuerst mal herausfinden, ob der Kerl nur flirtet, oder ob er tatsächlich auf Männer steht. Alex hilft mir da sicher.", erklärt Maja, als sei es das normalste auf der Welt. „Und ihn dann ein wenig über dich ausquetschen. Was er so von dir hält."
„Bei dem arroganten Kerl? Na dann herzlichen Glückwunsch.", kommt es zweifelnd von Marius, der dazu noch den Kopf schüttelt. „Bring den Mal zum Reden, Maja."

8. Quetzal – Drachen und Menschen

Ich wäre gerne noch bei Tom geblieben, aber ich muss mit jemandem reden. Da kam mir der Gedanke mit zu Leila zu gehen gerade recht. Die Frau ist in der Beziehung sicherlich ein wesentlich besserer Ansprechpartner als Aura oder Xaron. In einer Seitengasse hat sich Xaron verwandelt. Ich habe seine Kleidung genommen und sitze jetzt auf seinem Rücken. Fliegen ist für mich nichts neues. Junglinge fliegen öfter auf den Rücken ihrer bereits verwandelten Verwandten, oder Freunde, sofern diese groß genug dafür sind. Wir fliegen bereits vor den Stadtgrenzen. Ich kenne unser Ziel. Die beiden wollen offenbar jagen. Na ich hoffe es sind einige jüngere Drachen dort, damit ich nicht ganz alleine herumstehe.

Nachdenklich und gelangweilt rühre ich in meiner Tomatensuppe herum. Gelegentlich höre ich das Rauschen von Drachenflügeln über meinem Kopf, aber das war es auch schon. Am ersten Schultag ist auch kein Lehrer auf die Idee gekommen uns Hausaufgaben aufzugeben. Dementsprechend sitze ich jetzt seit geschlagenen zwei Stunden alleine am Rand des Jagdgebietes und warte darauf, dass ich endlich mit Leila sprechen kann. Vielleicht wäre es besser gewesen sie anzurufen und eine genaue Zeit abzusprechen. Erst denken, dann handeln, wäre eine Variante, Quetzal. Innere Selbstgespräche. Das sollte ich lassen. Ich lasse den Löffel los. Ich habe ohnehin keinen großen Hunger. Was Tom wohl gerade macht? Ich knurre die Suppe an und schiebe den Teller von mir. Ich werde echt noch irre.
„Schlechte Laune, junger Drache?", erklingt eine amüsierte Stimme. Ich hole tief Luft und drehe mich zu Leila herum. Sie hat ihre braunen Haare kürzer schneiden lassen. Bei unserer letzten Begegnung reichten ihr die braunen Locken bis zur Hüfte. Jetzt sind sie nur noch Schulterlang.
„Hallo, schöne Drachendame.", lächele ich sie an.
Sie grinst jetzt.

„Wenn du so anfängst, willst du doch was.", stellt sie fest.
Ich muss lachen und nicke dann.
„Lapislazuliblitzen.", flüstere ich kaum hörbar.
Leila setzt sich mir gegenüber und durchbohrt mich mit ihren Drachenaugen: „Was hast du gesagt, Quetzal?"
„Lapislazuliblitzen.", sage ich etwas lauter, aber immer noch geflüstert.
„Wer? Wann? Was hast du gesehen?"
Ich kneife die Augen zu Schlitzen zusammen und knurre: „Darum geht es nicht. Ich brauche jemanden zum reden, der nicht gleich alles zerhackt."
„Wenn ich dir helfen soll, wird vielleicht nicht viel anderes übrig bleiben.", bemerkt Leila und lehnt sich nach vorne. „Immerhin bräuchte ich dafür Informationen."
„Es ist ..."
Ein Hustenanfall unterbricht meinen angefangenen Satz.
Unbeabsichtigt schlage ich auf den Tisch und als ich mich beruhigt habe muss ich bei Leilas Anblick in schallendes Gelächter ausbrechen. Ihr Gesicht und ihre Haare sind voller Tomatensuppe, von der ich ja nicht mehr als zwei Löffel gegessen habe.
„Wenn du noch lachen kannst, kann ich ja gehen.", schnaubt sie.
Ich schüttele den Kopf und sage: „Du weist doch, dass ich das nicht mit Absicht gemacht habe, Leila." Das ist so in etwa die Art wie ich mich entschuldige. Meistens jedenfalls. Sie verdreht auch schon die Augen. Das kennt sie ja. „Ich brauche wirklich deine Hilfe."
Sie steht auf und erwidert: „Du bist definitiv nicht der erste Drache, dem so etwas passiert, Quetzal Carupa."
„Nicht wenn die Sache auf Atzlangebiet greift.", stoße ich aus.
Leila starrt mich Sekunden lang aus weit aufgerissenen Augen an. Ich verkneife mir nur mühsam das Lachen, denn das sieht mit der inzwischen zu trocknen beginnenden Suppe einfach zu komisch aus.
Ich hätte am liebsten ein Foto geschossen.
„Lapislazuliblitzen mit einem Menschen?", vergewissert sich Leila noch einmal.

Ich muss an Tom denken. An unsere erste Begegnung. An das Bild in meinem Kopf, als ich seine Hand in meiner hielt. Ich nicke absolut sicher.
„Die Vision war intensiver, als so manche Gedanken, die ich in meinem Leben schon gelesen habe.", füge ich noch hinzu.
„Und das von einem Lung.", lacht sie nun. Ich ziehe eine Augenbraue hoch und sie grinst. „Es hat hier einen jungen Drachen ganz schön geblitzt."
„Danke, Schätzchen. Soweit war ich auch schon.", entgegne ich und kann nicht verhindern, dass ich etwas spöttisch klinge. So bin ich nun mal. „Also? Was denkst du?"
„Ich denke, dass dir da niemand helfen kann, der deinen Menschen nicht gut kennt. Du wirst die Antworten auf deine Fragen nicht bei uns Drachen finden.", sie schüttelt den Kopf und macht Anstalten zu gehen. „Ich brauche eine Dusche."
Ich zücke mein Handy und rufe als sie bereits am Durchgang des Unterstandes ist: „Leila?"
Sie dreht sich um und ich schieße ein Foto. Ihre Augen funkeln mich an: „Idiot."
Ich grinse und sage: „Manchmal fällt Drachen so wenig ein wie Menschen."
Dabei muss ich daran denken, dass Tom mich heute auch so genannt hat. Ich muss lächeln.

~Morgen, mein lapislazuligeblitzter Freund.~, höre ich, während des Frühstücks am nächsten Morgen Xarons Stimme in meinem Kopf. Ich stöhne auf, was mir irritierte Blicke von Anna und Joachim einbringt. Da hat Leila offenbar gequatscht. Vermutlich als Retourkutsche für das Tomatensuppenfoto.
~Was willst du?~, gebe ich missmutig zurück.
Es ist nicht so, dass ich bei so etwas generell sauer werde, aber Tom hat die Nacht nicht hier verbracht und ich frage mich wo er ist. Da sich seine Eltern keine Sorgen machen, hat er sie wohl informiert, aber mir

gefällt es nicht. Wer weiß wo er die letzte Nacht war. Ich werde bald noch paranoid.
~Ich wollte mal sehen von wem mein Freund geblitzt worden ist.~, meint Xaron amüsiert.
Ich kann mir ein Grinsen nun nicht verkneifen und erkläre ihm genüsslich: ~Tja, der ist nur nicht da.~
~Mach mir nichts vor, Que. Ich kann mir schon ganz genau vorstellen, wie sehr dich diese Tatsache wurmt.~, entgegnet Xaron. ~Ich bring dich zur Schule.~
~Du hoffst nur ihn zu sehen.~
~Was denn sonst?~
Wäre er jetzt mit im Raum, hätte ich nach ihm geschlagen.
„Was ist los?", fragt Anna mich nun.
Ich verzichte auf eine Erwiderung an Xaron und erkläre: „Ein Freund wartet draußen. Er will mich zur Schule bringen." Ich schiebe mir ein Stück Wurst in den Mund und erhebe mich. „Genießt die paar Minuten zu zweit."
Ich hole meine Schulsachen und verlasse das Haus. Dort wartet bereits ein brauner Drache auf mich. Seine Schuppen glitzern und funkeln wie braune Edelsteine im Morgenlicht. Feine, scharfgeschliffene Fascetten. Er zeigt mir ein Grinsen aus zwei reihen scharfer spitzer Zähne. Eine Regung, die einen Menschen in Angst und schrecken verwandeln kann. Ich grinse nur zurück und greife nach seinem ausgestreckten Flügel. Eine einzige Bewegung und ich finde mich auf seinem Rücken wieder.

„Achtung.", schreie ich laut auf und Xaron steigt mit einem kräftigen Flügelschlag wieder höher, bevor das Auto ihn berühren kann.
Ein lautes Hupen klingt durch die Luft. Einer der Lehrer fährt in eine Parklücke. Jetzt bewegt sich dort kein Fahrzeug mehr und mein Freund landet. Ich stöhne genervt auf, als ich sehe wie Herr Waidmann aus dem Auto steigt. Das wird sicher nicht lustig. Ich habe sofort bei unserer ersten Begegnung gemerkt, dass er mich nicht ausstehen kann, weil ich ein Drache bin. Diese Episode wird es nicht besser machen.
Für jemanden in den 40ern sieht er gar nicht mal schlecht aus, aber die

Abneigung in seinen Zügen lässt mich das ganz schnell vergessen, wenn ich in seinem Klassenraum sitze. Als er jetzt zu uns sieht, während ich in einer Bewegung zu Boden springe, erkenne ich nicht nur Abneigung im Blick meines Lehrers, sondern auch Angst. Angst vor Xaron, nehme ich an. Diese Gedanken verblassen, als immer mehr Leute herbei eilen. Keiner von ihnen ist bisher einem verwandelten Drachen begegnet, wenn ich ihre Blicke und das Gemurmel richtig deute.
„Morgen, Quetzal.", höre ich eine fröhliche Stimme.
Ich bin überrascht. Toms Freundin Maja klingt, als würde sie sich freuen mich zu sehen. Das wundert mich doch ziemlich. Gestern hatte sie nicht den Eindruck gemacht mich besonders zu mögen. Ich drehe mich in die Richtung aus der ihre Stimme kommt und ich sehe, dass auch der Rest ihrer Clique dort ist, einschließlich Tom. Alles in mir drängt danach zu ihm zu gehen und ihn in meine Arme zu ziehen. Natürlich tue ich es nicht. Stattdessen nicke ich der ganzen Clique zu. Maja ist es, die auf mich zu kommt. Die meisten anderen halten Abstand. Xaron wirkt nicht gerade harmlos.
„Und das ist?", fragt Maja und deutet auf ihn.
„Meinen Freund Xaron hast du ja gestern schon kurz gesehen." Sie sieht mich merkwürdig an und ich kann ihren Blick gerade nicht wirklich einordnen. „Er hat darauf bestanden mich heute hier abzuliefern.", grinse ich.
Ich sehe wie auch der Rest der Clique näher kommt. Tom hält sich auffällig zurück. Er erscheint mir abweisend. In Feuer getaucht. Alles an ihm schreit förmlich, dass ich mich verbrennen würde, wenn ich mich ihm jetzt nähern würde.
~Ich muss zur Vereinigung.~, teilt Xaron mir mit und ich drehe mich zu ihm um. Er neigt gespielt den Kopf. Ich erkenne es nur am verspielten Funkeln in seinen Augen. ~Bis dann, Majestät.~
„Bis dann.", sage ich und kann mir ein gemeines Grinsen nicht verkneifen. „Und keine Räubersachen, Kumpel." Ich klopfe ihm auf die heißen Nüstern und er knurrt mich an. „Und du brauchst mich gar

nicht an zu knurren." Ich bin es der jetzt die Zähne zeigt. „Mach das du los kommst, bevor du Ärger kriegst."
Xaron schnaubt mir dunklen Rauch entgegen und stößt sich in einer kraftvollen Bewegung vom Boden ab. Schnell ist er aus unserem Blickfeld verschwunden. Ich drehe mich zu meinen Mitschülern um, deren Blicke irritiert sind.
„Räubersachen?", fragt Marius schließlich.
Ich muss lachen und erkläre: „Wenn er auf dieser ganzen kaiserlicher Drachengeschichte herumhacken kann, dann muss er sich damit abfinden, dass ich seinen Stamm da mit einbeziehe."
„Stamm?", das kommt von Anna.
„Das geht euch nichts an.", stoße ich unwillig aus. Die Blicke der anderen sind bohrend. Ich ziehe spöttisch eine Augenbraue hoch. „Sonst noch was?"
Ich sollte nicht so klingen, aber Toms abweisende Aura setzt mir mehr zu, als ich vor irgendwem außer mir selbst zugeben würde.
„Wir sollten rein gehen.", das kommt abwesend von Tom.
Ich nicke und verschließe meine Gefühle hinter einer ausdruckslosen Miene. Niemand soll mitbekommen, dass mir dieses Verhalten sehr nah geht. Wir machen uns auf den Weg ins Schulgebäude hinein. Die Menge zerstreut sich erstaunlich schnell. Tom lässt sich etwas zurückfallen, während seine Freunde miteinander plaudern. Ich verlangsame meine Schritte, um mit ihm auf selbe Höhe zu kommen.
„Ich hab dich vermisst.", flüstere ich ihm zu, obwohl seine Aura immer noch schreit 'Lass-mich-in-Ruhe'.
„Ach, hättest du wieder jemanden zum Kuscheln gebraucht, Dragonboy.", seine Stimme klingt kalt und hart.
Mein Magen krampft. Ich brauche einen Moment, um mich zu fangen.
„Du schienst nichts dagegen zu haben dich an meinen Traumkörper zu kuscheln.", sage ich überheblich und seine Augen blitzen mich wütend an. Dieser Blick ist wie ein Pfeilhagel und ich sage weicher: „Ich hätte dich heute Morgen einfach gerne gesehen." Er sieht mich mit gerunzelter Stirn an. „Außerhalb der Schule."

Unsere Blicke bohren sich ineinander und für einen kurzen Moment scheint seine abweisende Ausstrahlung sich zu verflüchtigen. Er zieht mich an wie ein Magnet. Mein Herz raste. Ich wünschte ich wäre egoistischer, denn ich will zu gerne wissen, was er jetzt denkt.
„Kommt ihr?", ruft Marius nach uns.
Ich merke erst jetzt, dass wir stehen geblieben sind. Tom wirkt plötzlich wieder ablehnend. Ich könnte seinem besten Freund echt eine runter hauen, aber natürlich tue ich das nicht. Ich verbeiße mir auch das Knurren. Die Vorstellungen meiner Familie sind ständig präsent. Ihr Wunsch nach einem guten Zusammenleben von Menschen und Drachen. Tom ist schon weiter gegangen, während ich mich bemühe mich zusammen zu reißen. Ich folge den anderen hastig, bevor irgendjemand nachfragen kann, was mit mir los ist.

Meine Laune ist im Keller und jetzt auch noch das. Erst beachtet Tom mich kaum, dafür ist diese Maja schon fast aufdringlich. Ich verstehe gar nichts mehr. Jetzt gerade allerdings funkele ich den Priester vor mir wütend an.
„Das kann unmöglich ihr Ernst sein.", sage ich nicht zum ersten Mal.
„Ich habe meine Anweisungen.", erwidert mir der Mann bedauernd.
„Bei den anderen Drachen konnten wir die Stunde ans Ende des Tages legen, aber für einen einzigen Drachen war das einfach nicht machbar."
Ich bin verblüfft. Andere Drachen? Davon weiß ich ja noch gar nichts. Das kann eigentlich nur heißen, dass sie in die fünfte oder sechste Klasse gehen, denn nur diese Jahrgänge haben ihre Klassenräume und einen eigenen Schulhof im anderen Gebäude, eine Straße weiter. Wir hatten gestern schon vor der Mittagspause Schulschluss und das ist die einzige Zeit zu der wir den jüngeren Schülern begegnen könnten. Ich stoße ein Brummen aus und wende mich ab. Ich fürchte weitere Diskussionen werden nichts bringen. Ich weiß doch, dass die Kirche uns Drachen nicht akzeptieren kann und will. Warum also sollte ich zum christlichen Religionsunterricht zugelassen werden? Zu den Muslimen darf ich natürlich auch nicht und für einen Ersatzunterricht

gibt es nicht genug Lehrpersonal. Also mitten am Tag Freistunde und ich darf in der Zeit nicht mal das Schulgelände verlassen. In der Mittagspause ist das ja nicht so schlimm, da muss man die Zeit wenigstens nicht alleine tot schlagen, aber so? Und das muss ich mir jetzt jeden Dienstag geben. Ich unterdrücke ein Knurren. Eine Hand berührt meinen linken Oberarm. Ich wende den Kopf und Maja lächelt mich aufmunternd an. Es hilft nicht wirklich. Die anderen verschwinden im Klassenraum und ich bleibe alleine zurück. Meine Gedanken schweifen zu den anderen Drachen ab, von denen der Priester gesprochen hat. Dann muss ich wenigstens nicht über Tom und sein Verhalten nachdenken.

Ich habe mir die anderen Drachen zu beginn der Mittagspause einmal angeschaut. Es scheint tatsächlich eine ganze Klasse zu sein. Integrationsversuch, nenne ich das jetzt Mal. Abchecken wie diese Küken mit den Menschen klar kommen, ohne einen zwingenden Kontakt in allzu vielen Unterrichtsstunden zu haben. Kein schlechter Ansatz. Wenn ich sie mir so ansehe, sind sie in der fünften Klasse und nicht viel anders, als die Menschen um uns herum. Alle möglichen Charaktere sind da vertreten. Die Ruhigen, die Coolen, die Einzelgänger und so weiter. Es überrascht mich nicht weiter. Drachen können genau so vielfältig sein, wie Menschen. Ich betrete die Mensa und gehe an der langen Schlange vorbei, die anstehen, um sich etwas zu Essen zu holen. Ich kann mir zwar vorstellen, dass sie etwas für Drachen im Angebot haben, aber ich habe selbst etwas dabei und das ist bestimmt auch besser. Ich entdecke Toms Clique und Maja winkt mich zu ihnen herüber. Tom und Marius verdrehen fast synchron die Augen. Ein Glück, dass Marius eindeutig hetero ist, sonst würde ich jetzt schon vor Wut kochen. Na ja, Eifersucht wohl eher. Ich lasse mich auf dem einzigen freien Stuhl am Tisch nieder. Viel zu weit von Tom weg, obwohl nur zwei Stühle zwischen uns sind. Ich packe mein Essen aus. Maisbrötchen mit Wurst. Nicht viel. Ich war heute Morgen einfach total unmotiviert. Eine Hand stellt einen kleinen Teller mit Minitomaten vor mich auf den Tisch. Ich sehe auf und blicke Tom

überrascht an, doch er setzt sich wieder und widmet sich einfach wieder seinem eigenen Essen.
„Danke, Tom.", murmele ich.
„Ein Brötchen ist etwas wenig für einen Tag.", sagt er ohne aufzublicken.
Das ist süß, aber es nervt mich, dass er mich die ganze Zeit nicht ansieht. Noch immer wirkt er so abweisend. Es gefällt mir nicht. Überhaupt nicht.
„Hast du Lust am Freitag mit ins Freibad zu kommen?", fragt Maja mich, als ich gerade die erste Tomate esse.
Ich schlucke und grinse sie an. Das ist die Gelegenheit, um Tom mal etwas zum nachdenken zu geben.
„Klar.", stimme ich ohne Umschweife zu.

9. Tom – Zurückhalten

Leider kann ich nicht jede Nacht bei Marius übernachten. Unsere Eltern würden da nicht mitspielen und seine Freundin schon gar nicht. Also habe ich wieder zuhause geschlafen. Eigentlich habe ich die halbe Nacht wachgelegen. Es ist zwar etwas gemein, aber ich habe mir fast gewünscht, dass Que wieder schlecht träumt. Einfach nur, um wieder in seinen Armen zu liegen. Ich gebe es nur ungern zu, aber diese Nacht in seinen Armen war die schönste meines Lebens. Ich fürchte nur, dass es bei ihm eben nicht so war. Egal was Maja auch sagt, aber ich ziehe mich lieber zurück, als dass Que mich von sich stößt. Ich fürchte, ich würde mich viel zu sehr in ihn verlieben, wenn ich seine Nähe zulasse und dann würde ich an einer Zurückweisung zerbrechen. Ich dränge diese Gedanken zurück und gehe die Treppe hinunter.
„So was blödes schon wieder.", höre ich Papa sagen.
Ich trete durch die Tür und frage gar nicht erst nach. Er sitzt über der Zeitung am Frühstückstisch und es ist nicht ungewöhnlich, dass er dabei Kommentare von sich gibt.
„Was ist denn?", höre ich Que fragen.

Er ist direkt hinter mir. Ich muss mich zusammenreißen, um mich nicht umzudrehen. Schnell setze ich mich an den Tisch, aber ich habe jetzt gar keinen Hunger mehr. Zu meiner Überraschung reicht Papa Que die Zeitung über den Tisch, als dieser sich setzt. Ich rühre lustlos in meinem dampfenden Kakao herum. Que gießt sich ein Glas Wasser ein. Darum sollte ich mich eigentlich gar nicht scheren. Plötzlich knurrt er laut. Ich bin überrascht und jetzt will ich doch wissen was da los ist. Mama geht es offenbar ähnlich. Sie nimmt Que die Zeitung ab.
„Lies vor.", verlange ich.
Ich höre zu. Es ist ein Bericht darüber, dass an unserer Schule Drachen unterrichtet werden. Beim Kommentar eines Elternteils knurrt Que wieder: „Es ist unverantwortlich, dass man unsere Kinder mit diese Feuerspuckenden Monstern zusammen steckt., hat ein besorgter Vater zu dieser Sache gesagt."
Ich erstarre. Das kann doch nicht wahr sein.
„Drachen sind doch keine Monster.", entfährt es mir wütend.
Ich sehe Que an. Er sieht aus, als würde er am liebsten Feuerspeien. Wie auf Kommando beginnt er so heftig zu husten, wie ich es noch nie bei ihm erlebt habe, obwohl es in den letzten Tagen öfter vorgekommen ist. Alle Gedanken an Zurückhaltung sind aus meinem Kopf verschwunden. Ich mache mir Sorgen. Ich lehne mich zu ihm und berühre vorsichtig seinen Arm. Endlich hört er auf zu husten und ich schiebe ihm sein Glas mit Wasser zu. Er trinkt einen Schluck und sieht mich an, nachdem er das Glas wieder weggestellt hat. Ich kann nicht verhindern, dass ich in seinen dunklen Schokoaugen, mit den dünnen orangen Linien darin, versinke. Mein Herz pocht unkontrolliert und das Blut rauscht in meinen Ohren. Ich schaffe es einfach nicht den Blick abzuwenden.
„Wie kann man solchen Blödsinn nur von sich geben?", höre ich Mama sagen und der Bann ist gebrochen.
Ich merke, dass Papa uns eindringlich mustert, aber ich habe keine Lust über das ganze zu reden. Ich hätte ihm ohnehin nicht sagen können was da ist. Ich weiß es einfach nicht.

Wir sind definitiv nicht die einzigen, die diesen Artikel gelesen haben. Maja, die gestern noch versucht hat sich mit Que anzufreunden, ist heute eher zurückhaltend, aber das kann ich verstehen. Ques Stimmung ist düster. Seine Augen sind dunkler als sonst und sein übliches spöttisches Grinsen fehlt. Es fehlt mir. Ich will ihn so nicht sehen. Ich will, dass er wieder so ist wie am Tag unseres Kennenlernens. Selbst wenn das bedeutet, dass er mit mir flirtet und ich mich in Acht nehmen muss. Es wird nicht besser, als in der Pause Teile des Artikels in Facebook die Runde machen. Que knurrt nicht, aber er bekommt, als er einige fiese Kommentare liest, einen weiteren unnatürlich heftigen Hustenanfall.
„Du würdest am liebsten Feuerspeien, oder?", frage ich ihn flüsternd, damit es sonst keiner mitbekommt.
„Das führt gerade nur zu echt heftiger Rauchentwicklung.", flüstert er zurück.
Unsere Blicke treffen sich. Mein Herz hämmert unkontrolliert. Er lächelt wieder, aber nur kurz.

Auch den nächsten Tag war Que in übler Stimmung. Den ganzen Tag ging das so. Vor allem wegen der Leserbriefe in der Zeitung. Es gab viel zu viele Leute, die sich diesem Vater, der im Artikel erwähnt wurde, angeschlossen haben. Es ist seltsam wie sehr mich Ques üble Laune runter zieht. Ich stochere unwillig in meinem Rührei herum, als er jetzt am Freitag zum Frühstück kommt. Ich sehe auf und bin überrascht, dass er grinst. Seine Laune scheint besser zu sein. Warum auch immer.
„Was hat dich aufgeheitert?", frage ich neugierig und könnte mir selbst eine runter hauen, weil ich ihn wieder an das erinnere was war.
Doch er lächelt nur und in mir kribbelt alles. Das ist echt ein Killerlächeln. Das sollte verboten werden.
„Wir gehen heute schwimmen.", sagt er locker.
„Das macht dich glücklich?", ich bin überrascht.
„Ich liebe Wasser.", dabei durchdringt mich sein Blick, als wollte er noch etwas ganz anderes sagen, ohne Worte.

Ich wage es nicht weiter darüber nachzudenken.

Ich komme von dem Gedanken einfach nicht los. Dabei sollte ich an so etwas nicht denken. Wir haben uns umgezogen und als ich Que in seiner dunklen Badehose gesehen habe, hat es mir richtig die Sprache verschlagen. Fein definierte Muskeln und ein unglaubliches Sixpack. Gebräunte Haut. Mir ist echt die Spucke weggeblieben. Als er sich dann noch gestreckt hat. Ich bin echt am Arsch. Dieser Typ ist einfach zu heiß für diese Welt. Jetzt richten wir uns gerade auf der großen Liegewiese ein. Wir haben tatsächlich einen Platz ergattert, der halb im Schatten liegt. So können wir aussuchen, ob wir im Schatten oder in der Sonne liegen wollen. Das wir den Platz gekriegt haben liegt wohl daran, dass wir nur kurz Schule gehabt haben. Ich kann meine Gedanken nur kurz damit ablenken. Viel zu schnell denke ich wieder an Ques durchtrainierten Körper.
„Wir spielen zuerst Wachhund.", verkündet Marius und Anna kuschelt sich in seine Arme.
„Na die beiden können wir wohl getrost alleine lassen.", lacht Que und erhebt sich.
Wir stehen ebenfalls auf. Que geht voraus und ich kann das Tattoo auf seinem Rücken das erste Mal richtig sehen. Es sind lauter dunkle Blitze. Verschiedene Töne. Blau und violett! Wüsste ich nicht, dass es sich um seine Flügel handelt, hätte ich es auch für eine Geometrische Figur halten können. Mein Blick wandert etwas tiefer und ich schlucke. Was für ein Arsch! Maja stößt mich mit dem Ellbogen an und grinst wissend. Ich verdrehe genervt die Augen. Sie läuft ein Stück vor und schreit auf, als Alex sie einfach packt und hoch hebt. Lachend läuft er mit ihr ins Wasser. Ich schaue den beiden schmunzelnd zu.
„Wage es ja nicht.", höre ich Maja rufen, doch da landet sie bereits mit einem lauten Platschen im Wasser.
Als sie wieder auftaucht, habe ich kurz das Bild eines begossenen Pudels vor Augen.

„Also stehst du auf Frauen?", fragt Maja irgendwann.

Wir haben etwas herumgetobt und selbst der eigentlich so arrogante Que hat sich an unserer Wasserschlacht beteiligt. Inzwischen sind wir am Beckenrand und Alex und Que unterhalten sich allen ernstes über die Vorzüge der anwesenden Frauen. Das kenne ich sonst nur von Alex und Marius. Que ist was seinen Geschmack angeht verdammt anspruchsvoll. Noch mehr als Alex und ich bin überrascht. Gleichzeitig ist diese Situation etwas, das ich bei Que nicht erleben wollte.
„Mitunter.", ist Ques kryptische Antwort.
„Was soll das denn heißen?", bohrt Alex nach.
„Ich bin Bi.", erklärt Que und der Druck auf meiner Brust lässt ein wenig nach.
„Dann sind Tom und ich jetzt dran.", lacht Maja und lehnt sich vor. „Also, wer von den hier anwesenden Kerlen gefällt euch am besten." Das muss doch jetzt nicht sein. Der Kerl, den ich hier am heißesten finde ist Que, aber das kann ich doch nicht einfach so sagen. Ques Blick schweift nur kurz umher. Dann grinst er Maja breit an.
„Tom."
Jetzt bin ich platt. Hat er das gerade wirklich gesagt? Mein Herz klopft heftiger. Ich starre ihn an.
„Was ist mit dir, Tom?", fragt Arina jetzt.
Ich weis nicht was ich sagen soll. Ich bringe überhaupt keinen Ton heraus. Es wird auch nicht einfacher dadurch, dass Que sich am Beckenrand abstützt und sich zu mir lehnt. Seine Stimme klingt wie dunkler Samt, als er fragt: „Na, was denkst du, Tom? Sieh dich ruhig um."
„Muss ich nicht.", meine Stimme klingt schwach und ich bin schockiert von dem was ich da ohne zu überlegen gesagt habe.
„Gut.", Que klingt zufrieden und grinst mich an.
Zu meiner Überraschung lehnt er sich noch etwas mehr zu mir und gibt mir einen federleichten Kuss auf die Wange. Ich spüre ihn kaum. Es ist fast wie ein Windhauch, aber mir dreht sich alles. Meine Wange kribbelt. Das hier ist mehr Gefühl, als ich je für Marius empfunden habe. Verdammte Scheiße! Ich kenne Que doch erst wenige Tage und

viel weiß ich über ihn auch nicht. Das ist so ein Mist. Ich senke den Kopf. Meine Wangen brennen. Ich habe keine Ahnung was ich jetzt tun soll. Wie soll ich Que jetzt begegnen?
„Ich leg mich etwas in die Sonne.", murmele ich und verlasse hastig das Wasser.
Ich weiß, dass ich flüchte, aber ich kann gerade nicht anders. Ich bin vollkommen durcheinander.

Ich lege mich auf mein Handtuch in die Sonne. Zu Marius und Anna sage ich nichts. Die sind eher miteinander beschäftigt. Gut, dass wenigstens das nicht mehr weh tut. Ich schließe die Augen und verdränge sämtliche Gedanken. Nach allem was mit Eric war bin ich das gewöhnt. Stattdessen genieße ich einfach nur die warmen Sonnenstrahlen. Kaum vorzustellen, dass es morgen schon wieder erheblich kühler werden soll. Ich weiß nicht wie lange ich so in der Sonne liege bis ein Schatten über mich fällt und mir etwas kühler wird. Ich schlage die Augen auf. Maja ist zu uns gekommen. Ich setze mich auf und gucke, ob Que auch dabei ist.
„Alex quasselt noch auf ihn ein.", teilt Maja mir grinsend mit.
Ich sehe zum Wasser. Die Beiden sind immer noch am Beckenrand und reden über irgendetwas. Natürlich kann ich es auf die Entfernung nicht hören.
„Was raus gekriegt?", fragt Marius.
Ein Wunder, dass er sich mal von Anna losreißen kann.
„Seine Vorfahren stammen aus Asien. Er ist der einzige Drache seiner Art, oder wie man das nennt, in der Stadt.", erzählt Maja ernst. „Er hat wohl ziemlich viel Geld." Na toll. Jetzt ist der Kerl auch noch reich. Was soll das nur werden? Was denke ich da eigentlich? Meine Chancen stehen doch eh nicht gut. Ein Drache. Was sollte der mit mir anfangen können. „Viel mehr wollte er nicht sagen."
In diesem Moment stößt Alex zu uns. Ich sehe mich um, aber Que ist nicht bei ihm. Alex grinst.
„Der Drache ist zum Klo."
Ach so. Und was mache ich, wenn er wieder da ist. Scheiße!

10. Quetzal – Brandfälle

„Ich könnte was zu essen vertragen.", teilt Alex uns gedehnt mit. Ich grinse und lege mich zurück auf die Decke. Die anderen schließen sich seiner Meinung mit dem Essen an.
„Dann spielt ihr mal die Gentlemans und holt für die jungen Damen was zu essen.", sage ich im Befehlston, was mir merkwürdige Blicke einbringt.
„Und warum tust du das nicht?", fragt Tom mit so zusammengepressten Lippen, dass er nur schwer zu verstehen ist.
„Ganz einfach. Ihr könnt euch selbst auch etwas holen. Ich nicht." Ich deute ein wenig theatralisch auf meine Tasche. „Drachenessen, Drachenmagen."
„Die Logik hat was bestechendes.", grinst Maja nun und rutscht dabei genau neben mich. Die Decke verschiebt sich dabei etwas. „Na los, ihr Menschenjungs. Anna, der Drache und ich warten auf euch."
Ich beobachte, wie die drei Teens in Richtung Imbiss verschwinden. Sie haben nicht mal gefragt, was die Mädchen wollen. Entweder sie kennen die beiden gut genug, oder aber es gibt keine große Auswahl. Ich hab mich dafür ja nie interessieren müssen. Plötzlich kommt Tom zurück und durchwühlt seine Tasche. Kurz nach ihm kommen auch Alex und Marius wieder. Ich grinse, als ich verstehe was los ist. Da wären die doch fast ohne Geld losgezogen. Mit ihren Brieftaschen sind sie schließlich doch noch verschwunden. Ich werfe einen Blick in Richtung Imbiss. Bei der Schlange kann das dauern.
„Quetzal Carupa, hmm?", fragt Anna unerwartet. Ich lege mich seitlich hin, um die beiden Mädchen ansehen zu können. „Kein besonders asiatischer Name. Ich hätte bei Drachen mehr auf Herkunftsbezug gesetzt. Und wie viele Generationen? Du siehst nicht besonders asiatisch aus."
Ich sehe zu Maja und ziehe spöttisch eine Augenbraue hoch. Sie zuckt mit den Schultern und sagt: „Sie sind meine Freunde."

Ich nicke nur. Ein wenig kann ich das verstehen. In der Hauptsache geht es mir aber darum mehr über Tom zu erfahren.
„Kein Drache lässt sich in eine bestimmte menschliche Volksgruppe einordnen.", eröffne ich, aber die beiden Mädchen sehen verwirrt aus.
„Ein afrikanischer Drache hat auch keine schwarze Hautfarbe." Jetzt nicken sie. „Carupa ist Spanisch für Schlange. Die meisten Drachen haben Nachnamen gewählt, die etwas mit Drachen oder Schlangen zu tun haben." Ich grinse und bei den nächsten Worten wird meine Stimme ungewohnt flach, während sich mein Magen unruhig verkrampft. „Quetzal kommt von Quetzalcoatlen. Das waren die ersten Drachen. Meine Eltern mochten die alten Geschichten und Legenden. Das ich nicht Atzlan heiße ist auch schon alles. Na ja, das würde jetzt auch nichts mehr machen." Ich denke an Tom und es geht mir wieder etwas besser. „Ich habe offenbar doch mehr mit Atzlan gemein, als ich immer gedacht habe."
„Und dieser Atzlan ist?", fragt Maja.
„Und was hast du mit ihm gemein?", fügt Anna hinzu.
Ich überlege etwas und entscheide dann: „Atzlan war ein Anführer, aber mehr kann ich euch nicht so einfach sagen. Drachengeschichten."
Um ehrlich zu sein, will ich auch nicht mehr sagen. Würde ich ihnen mehr von Atzlan erzählen, würde ich ihnen auch die Gemeinsamkeiten erläutern müssen. Ich möchte, aber noch nicht über meine Verbindung zu Tom reden. Das wäre zu schnell, denn ich bin sicher, dass sie es Tom erzählen würden.
„Ich mag Men ... Personen, die zu ihren Leuten halten.", stellt Maja fest.
Ich grinse und richte mich halb auf. Irgendwie ist sie mir sympathisch.
„Und ich mag dich.", sage ich locker.
Beide Mädchen starren mich an.
„Ach, ist das so?", fragt Maja mit plötzlich kalter Stimme.
Her je, SO war das doch gar nicht gemeint.
„Du flirtest auch mit jedem oder?", das ist Toms Stimme, dunkel und hart.

Ich schlucke. Na super. Da waren die drei schneller als ich dachte und kommen natürlich genau zum unpassendsten Augenblick. Ich kann mir jetzt nicht anmerken lassen wie sehr mich Toms Ton getroffen hatte. Ich lasse mich lachend auf die Decke zurück fallen. Die Menschen starren mich vollkommen verblüfft.
„SO war das nicht gemeint.", sage ich dann und setze mich auf. „Maja ist einfach nur sympathisch. Ich hatte nicht vor mit ihr zu flirten."
Die anderen sagen nichts, aber die Stimmung hat sich verändert. Es ist ruhig während wie essen. Essen kann ich das aber kaum nennen was Tom und ich da tun. Er scheint genau so wenig und so plötzlich keinen Hunger mehr zu haben, wie ich.

„Ich hab keine Lust mehr. Geht ihr nur.", sagt Tom, als die anderen wieder etwas schwimmen gehen wollen.
Ich winke ab, ohne etwas zu sagen, als sie mich fragend ansehen.
Marius ist es, der sich noch einmal zu mir hinunter beugt und raunt: „Sei vorsichtig was du tust, Carupa. Wenn du ihn verletzt, kannst du sicher sein, dass ich einen Weg finde dich bezahlen zu lassen. Drache hin, Drache her."
Ich erwidere nichts und grinse nur. Dann sind Tom und ich alleine. Er liegt auf dem Bauch, den Kopf auf den Armen und ignoriert mich.
„Tom?", frage ich leise.
Er reagiert nicht. Ich lehne mich zu ihm und berühre ihn an der Schulter. Er zuckt zusammen, schüttelt meine Hand ab und funkelt mich an: „Lass mich in Ruhe."
Seine großen, blauen Augen sehen aus wie das wilde Meer mitten im Sturm. Mein Herz schlägt unregelmäßig, wie ein bockiger Motor.
„Du solltest wissen, wie es ist, wenn ich flirte.", sage ich mit eindringlicher Stimme. Seine Augen weiten sich. Ich kann ahnen, dass er an unseren gemeinsamen Einkauf denkt. „Und selbst so eingeschnappt bist du richtig süß.", füge ich noch hinzu.
„Lass mich in Ruhe.", wiederholt er, aber es klingt längst nicht mehr so abweisend wie noch ein paar Sekunden zuvor.

Wütend schalte ich den Fernseher aus. So ein Blödsinn. Nur weil es irgendwo brennt, denken die Menschen gleich wieder an Drachen. Tom und seine Eltern starren mich an.
„Ich kanns nicht mehr hören.", knurre ich und verlasse das Wohnzimmer. Immer dasselbe! Immer diese Idioten. Ich bleibe im Flur stehen und hole tief Luft. Dann drehe ich mich wieder um und trete in den Türrahmen. „Ich muss noch einkaufen. Braucht ihr was?"
„Dir ist schon klar, dass hier gerade kein Bus fährt?", fragt Tom mich irritiert.
„Ich bin ausdauernd und stark." Ich grinse jetzt wieder. „Ich kann auch Bergauf laufen.", sage ich schulterzuckend.
Eigentlich wird es mir sogar gut tun mich zu bewegen. Das hebt die Laune. Meine zumindest.
„Der Kakao ist aus.", teilt Anna mit.
„Bringe ich mit.", nicke ich ihr zu.
Joachim hat den Fernseher bereits wieder eingeschaltet. Ich atmete tief durch. Nicht, dass ich wieder laut werde.
„Das ist übrigens nur eine Wiederholung.", bemerkt Tom und deutet auf ein Zeichen auf dem Bildschirm.
Zu der Zeit, als die richtige Sendung lief, waren wir gestern noch im Freibad. Das kann mir ja egal sein. Der Inhalt bleibt derselbe.

Ich könnte aus der Haut fahren. Mein Rücken brodelt in Lavahitze. Ich gebe mir alle Mühe mich zu entspannen, aber das ist gar nicht so einfach. Um dem Supermarktmitarbeiter nicht noch an die Kehle zu gehen entferne ich mich vom Eingang. Die Nachrichten von Gestern sind definitiv nicht ohne Folgen geblieben. Drachenverbot im Supermarkt. Das zerrt an den Nerven. Ich fische das Handy aus meiner Tasche und wähle Toms Festnetznummer, na ja, eher die seiner Eltern.
Anna ist es, die ans Telefon kommt.
„Anna, ich bräuchte hier mal jemanden von euch?", fange ich hastig an.
„Was ist los?", will sie sofort wissen und klingt alarmiert.

„Ich brauch hier einen Menschen, der für mich einkauft. Dieser Kaufhausbrand gestern. Die haben Drachen hier quasi Hausverbot erteilt.", entfährt es mir etwas zu heftig.
Ich bin immer noch schlecht gelaunt. Ich könnte fast darauf wetten, dass diese Feuer mit Absicht gelegt worden ist, um es uns Drachen in die Schuhe zu schieben.
„Es gab noch zwei weitere Brände.", sagt Anna leise. Ich glaube, die Wette hätte ich gewonnen. Ich knurre und eine alte Frau sieht mich erschrocken an. Bevor ich etwas deswegen unternehmen kann, ist sie gegangen. „Jetzt haben die Menschen verständlicherweise Angst."
Ich versuche mich ein wenig zu entspannen und erwidere: „Ja, es gibt etliche menschliche Mörder auf der Welt. Muss ich mich jetzt vor jedem Menschen fürchten?"
„Das bringt uns nicht weiter.", meint sie.
„Ist mir klar. War nur ein Vergleich."
„Ich muss noch in die Stadt. Ich setzte Tom bei dir ab.", teilt sie mir mit.
„Bis gleich."
Sie verabschiedet sich ebenfalls und es knackt, als die Verbindung unterbrochen wird. Ich seufze.

„Frauen.", sagt Tom zu mir, als seine Mutter eine Stunde später vom Parkplatz fährt. Ich ziehe fragend eine Augenbraue hoch. „Mama hat ewig gebraucht, um sich fertig zu machen." Ich muss lachen. In Toms Nähe geht es mir gleich besser. „Bessere Laune."
Ich bohre meinen Blick ernst in seinen und lehne mich etwas zu ihm. Mein Herz klopft angespannt.
„Du verursachst bei mir gute Laune.", flüstere ich ihm zu.
Seine Augen sind geweitet. Niedlich! Er schluckt und macht einen Schritt zurück. Sein Blick ist abgewandt. Ich lasse ihn nicht kalt, aber er will das nicht. Dabei habe ich nicht den Eindruck, dass er etwas gegen Drachen an sich hat.
„Was brauchst du?", fragt er das Thema wechselnd. Ich brumme, aber ich gehe darauf ein und gebe ihm den Zettel, den ich in der letzten

Stunde geschrieben habe. „Das ist nicht gerade wenig und nicht gerade leicht. Da müssen wir uns ja abholen lassen."
„Ich bin stark.", ist meine Erwiderung darauf.
Sein Blick wandert kurz über mich, doch er wendet sich schnell wieder ab.
„Bin gleich zurück.", murmelt er.
Ich halte ihn fest. Er sieht mich verwirrt an. Dieser Ausdruck auf seinem Gesicht ist richtig süß. Ich drücke ihm meine Brieftasche in die Hand.
„Wenn du was haben willst, nur zu.", grinse ich ihn an. Seine meerblauen Augen sind groß vor Überraschung. „Beeil dich. Ich steh hier schon länger."

Tom müht sich sichtlich ab die große Tasche zu tragen und ich kann das Lachen nur mühsam unterdrücken. Allerdings will ich ihn auch nicht verärgern. Ich gehe auf ihn zu und nehme ihm die Tasche ab. Er sieht mich mit großen Augen an, als ich die Tasche mühelos hochhebe.
„Ich bin stark.", wiederhole ich. „Ab nachhause, Süßer."
Ich grinse, als ich sehe wie sich seine Wangen röten. Süß!

11. Tom – In seinen Armen

Jetzt muss ich noch mehr Zeit mit Que verbringen, dabei wollte ich ihn doch auf Abstand halten. Nach unserem Einkauf am Samstag hat Mama mich gebeten, dass ich mit Que einkaufen gehe, solange dieses Hausverbot für Drachen besteht. Das ändert sich wahrscheinlich erst, wenn sich herausstellt, dass jemand anderer, ein Mensch oder mehrere, für die Brände verantwortlich sind. Das kann dauern, wenn es überhaupt jemals passiert. Wenn so etwas aufgeklärt wird, dann dauert es und es gibt genug Fälle, in denen der Täter nicht gefasst wird. Ich bin nicht naiv genug, um zu glauben, dass alle Polizisten und Brandermittler nichts gegen Drachen haben. Vorurteile und Ängste gibt es überall. Meine Freunde finden die Tatsache, dass ich mehr Zeit mit Que verbringen muss, lustig, wenn auch nicht den Grund dafür und

Maja ist der Meinung, dass ich diese Zeit nutzen sollte, um ihm näher zu kommen. Aber will ich das überhaupt? Maja hatte eindeutig recht. Que ist verdammt heiß und vielleicht etwas zu viel für mich. Zu viele Leute, die sich für ihn interessieren könnten. Leider scheint er genau zu wissen, wie er auf andere wirkt. Ich bin nicht blind und sehe genau, wie er seinen Charme einsetzt, wenn er etwas will. Gleichzeitig ist er aber auch ziemlich arrogant. Ich erinnere mich genau an seinen Tonfall, als es um die Einkäufe ging. *Er ist stark.* Das hatte er gesagt und es stimmt. Er hatte kein Problem damit das schwere Zeug den ganzen Weg nachhause zu schleppen. Mein Körper kribbelt und rauscht. Es gefällt mir, was mir wiederum nicht gefällt. So ein Mist. Ich bin verdammt. Jetzt ist es schon Mittwoch und ich weiß echt nicht mehr, was ich tun soll, oder was Que will. Wenn wir alleine sind, nennt er mich immer wieder Süßer, was es nicht einfacher macht. Wir sind auf dem Weg zur Schule. Mama hat uns zwei Straßen von der Schule entfernt abgesetzt. Im Gegensatz zu Papa macht sie das immer. Taktvoller, würde ich das nennen. Auf dem Weg schweigen Que und ich uns an. Ich sehe immer wieder zu ihm. Das sollte ich lassen. Er sieht viel zu gut aus. Durchtrainiert, groß, oder anders gesagt: Einfach nur verdammt heiß. Ein arrogantes Grinsen umspielt seine Lippen. Bevor ich mir weiter Gedanken und mich verrückt machen kann, kommen wir am Schulgebäude der Fünft- und Sechstklässler vorbei. Was ist denn da los? Ques Gesichtsausdruck verfinstert sich. Er sieht kurz zu mir. Das Orange in seinen Schokoaugen ist plötzlich wieder stärker. Jetzt sind wir nah genug, dass ich etwas näheres erkennen kann. Eine große Gruppe von Menschen, aber keine die ich kenne. Außerdem sehe ich mehrere hochgehaltene Plakate, deren Aufschrift ich noch nicht erkennen kann. Ich kneife die Augen zusammen, um etwas zu erkennen, aber bisher zwecklos. Que zieht mich plötzlich zu sich. Mein Herz pocht unkontrolliert.
„Höllenbrut. Teufelskinder. Drachen raus. Monster.", flüstert er mir ins Ohr und trotz der Worte verursacht mir sein heißer Atem an meinem Ohr eine heftige Gänsehaut.

Er lässt mich bereits wieder los. Erst einen Moment später begreife ich, dass er mir vorgelesen hat, was auf einigen dieser Plakate steht. Das ist eine Demonstration wird mir klar. Jetzt höre ich auch einzelne Rufe und beim näherkommen merke ich, dass einige Lehrer versuchen die Demonstranten vom Schulhof fern zu halten. Que wirkt erstaunlich entspannt. Er hat viel heftiger auf den Brandbericht reagiert. Ich bin verwirrt. Was bedeutet das wieder?
„Was ist das?", frage ich, als ich ein Schluchzen höre.
„Danke, Süßer.", raunt Que mir zu, dann läuft er los.
Sein Weg führt mitten durch die Demonstranten. Mir bleibt die Luft weg, als ich sehe, dass die Demonstranten mit fauligem Obst und Gemüse nach ihm werfen. Ich zögere einen Moment, dann folge ich ihm. Ich werde kaum behelligt. Offenbar hat keiner mitbekommen, dass ich mit Que hierher gekommen bin. Als ich mich endlich durch die Demonstranten gekämpft habe, sehe ich wie sich Que vor ein Mädchen stellt und ihr eine Bananenschale aus dem Haar zieht. Sie ist aufgelöst und schluchzt laut unter Tränen. Das habe ich wohl gehört. Ihre Augen sind nicht nur rot von Tränen, sondern auch die Iris erinnert mich an die Farbe von Blut.
„Lass dich nicht ärgern.", sagt Que gerade zu ihr, als ich näher trete. „Von solche Idioten solltest du dich nicht fertig machen lassen." Er grinst sie an. Ihr Blick ist skeptisch, aber sie hat aufgehört zu schluchzen. „Denk an Atzlan und Itotia." Vielleicht sollte ich Que mal danach fragen. Maja hatte Atzlan auch erwähnt, aber sie wusste nichts näheres darüber. „Die beiden hatten es auch nicht einfach und jetzt denk Mal daran, was man sich heute alles über sie erzählt."
„Ja, stimmt.", jetzt lächelt das Mädchen wieder. Ich bin überrumpelt, als sie Que umarmt und dann zum Schulgebäude läuft. „Danke!", ruft sie noch von der Tür aus.
„Wir sollten.", meint Que zu mir.
Ich nicke stumm. Als wir uns dieses Mal durch die Demonstranten drängeln, werde auch ich von der Obst-Gemüse-Attacke nicht verschont. Ich bin restlos überrascht, als Que so gut es geht versucht mich davor zu bewahren und dadurch noch mehr abkriegt. Das hätte

ich von ihm jetzt nicht erwartet. Er wischt eine zermatschte Tomate von meiner Jacke, als ein Polizeiwagen vorfährt. Oh man. Eine kurze Diskussion entbrennt. Die Demonstranten bleiben vor dem Tor stehen, aber zwischen ihnen und dem Schulhof postieren sich zwei Polizeibeamte. Offenbar haben die Demonstranten eine Erlaubnis, dürfen aber nicht aufs Schulgelände. Ich würde sie am liebsten davon jagen. Stattdessen helfe ich Que dabei die Reste der Attacke auf uns von seinem Körper zu entfernen.

„Du hast ganz schön was abbekommen.", sage ich, als ich eine braune Apfelkitsche aus seinem Haar ziehe.

„Dass ändert nichts an meinem göttlichen Aussehen.", erwidert er arrogant.

Ich verdrehe die Augen und meine: „Selbstverliebter Idiot."

Er lacht und zieht mich an sich. Ein fauliger Geruch liegt über seinem Duft von Rauch, Salz und Seife. Ich verziehe das Gesicht. Ich mag es lieber anders.

„Aber an deinem Geruch.", murmle ich und sein Lachen vibriert in mir weiter, da er mich immer noch festhält.

„Überirdisch attraktiv bin ich immer noch.", wieder dieser arrogante Ton.

Nur leider kann ich ihm nicht widersprechen. Mein Körper kribbelt und mein Herz hämmert wie irre, als wollten sie ihm zustimmen.

„Die Schule fängt gleich an.", erinnere ich ihn.

Ich bin überrascht, dass Que mich nicht los lässt. Er hält mich dicht an seinem Körper und zieht mich mit sich. So sehen uns dann auch meine Freunde und grinsen. Verflucht! Ich kann förmlich hören, was sie denken. Erst recht als Que mir einen brennend, kribbelnden Kuss auf die Wange gibt. Er lässt mich erst los, als die Schulglocke ertönt. In der Schule und vor allem in Ques Nähe möchte ich meinen Freunden besser nicht die Wahrheit erzählen.

„Diese Demonstranten sind doch dämlich.", merkt Marius an, während wir ins Gebäude gehen.

„Die haben keine Ahnung.", nickt Anna und lehnt sich an ihn.

Ich hab keine Ahnung was gerade los ist, oder was in Que vor sich geht, aber in diesem Augenblick zieht er mich wieder an sich. Ich weiß nicht warum, aber ich lasse es einfach zu. Es fühlt sich gut an. Viel zu gut!

Que scheint heute auf Kuschelkurs zu sein, aber gleichzeitig wirkt er noch arroganter als sonst. Wenn er mich in den Arm nimmt, fühle ich mich wohl, aber sobald er mich los lässt werde ich unruhig. Jetzt sitze ich im Wohnzimmer. Meine Eltern sind nicht da. Ich grübele angestrengt. Que ist oben in seinem Zimmer. Meine Gedanken hängen die ganze Zeit bei ihm. Entschlossen stehe ich auf. Ich muss mit ihm reden, sonst werde ich noch wahnsinnig. Vor seiner Tür bleibe ich stehen. Mein Herz pocht aufgeregt. Ich zögere. Ich warte und warte. Durch die Tür dringt Musik. Ich kenne das Lied nicht. Ich strecke meine Hand in Richtung Türklinke und verharre dann. Meine Hand zittert. Das zweite Lied ist bereits zu Ende und ich stehe immer noch hier. Ich schüttele den Kopf. Ich muss das jetzt hinter mich bringen. Ich greife nach der Türklinke und öffne die Tür. Ques Kopf dreht sich sofort zu mir, sobald ich den Raum betrete. Er zieht spöttisch eine Augenbraue hoch und mir fällt erst jetzt auf, dass ich nicht geklopft habe. In einer fließenden Bewegung steht er von seinem Bett auf.
„Tom, ich wollte ohnehin noch mal mit dir reden.", sagt er zu mir und kommt auf mich zu.
Mein Herz schlägt mir vor Aufregung bis zum Hals.
„Über was?", frage ich nervös.
„Danke, dass du heute für mich da warst."
„Wie bitte?", ich weis nicht einmal was er meint.
„Ich wäre durchgedreht, wenn du nicht da gewesen wärst.", jetzt erst begreife ich, weshalb er mich immer gehalten hat.
Die Erkenntnis liegt mir auf einen Schlag bleischwer im Magen. Ich hatte gehofft. Ich sollte nicht hoffen.
„Oh.", ist in dieser Situation alles was ich herausbringe.

„Was wolltest du denn?", fragt er mich jetzt und ich erinnere mich wieder daran, dass ich es war, der zu ihm gekommen ist und warum. Ich sehe zu Boden. „Na los, nicht so schüchtern."
Ich hole tief Luft und versuche mein Anliegen in Worte zu fassen: „Ich ... Dieser Tag heute ... Wie soll ich das sagen?"
„Ganz ruhig.", kommt es ernst von Que, aber ich kann nicht ruhig sein, jetzt wo er direkt vor mir steht.
„Meine Freunde ... sie ... sie denken jetzt ... na ja, ich glaube nach diesem Tag ... ich glaube sie denken wir ...", stammele ich unruhig.
„Sie denken wir wären Geliebte?", fragt er.
Ich blicke auf. Sein Grinsen ist selbstgefällig. In mir kribbelt alles. Gleichzeitig bin ich etwas verwirrt. Das Wort Geliebte klingt seltsam, aber ich nicke trotzdem. Es kommt dem was ich denke ziemlich nah und vielleicht ist es für ihn einfacher es so zu sehen, weil wir Drache und Mensch sind.
„Wir sollten es ihnen erklären.", murmele ich und mein Magen krampft sich zusammen.
„Schade.", erwidert er. Ich starre ihn sprachlos an. Mein Puls rast. Seine Hände legen sich auf meine Schultern und diese angenehme Wärme dringt wieder in meinen Körper ein. „Tom, ich würde ihnen gerne sagen, dass wir es sind."
„Geliebte?", frage ich und könnte mir eine runterhauen, weil meine Stimme so kratzig klingt.
„Ja.", nickt er.
„Warum?", ich bin bescheuert, ich kann es mir doch denken.
„Ist es nicht offensichtlich wie sehr ich dich mag?", will Que wissen. Seine Stimme ist sanft und eindringlich. Mein Körper kribbelt und rauscht. Damit habe ich nicht gerechnet. „Was sagst du? Könnten wir es versuchen?"
Ich bringe keinen einzigen Ton heraus. Meine Wangen müssen feuerrot sein, so heiß sind sie. Da ich nichts sagen kann, nicke ich nur. Sein Lächeln durchdringt mich und dann steht die Welt still. Seine Lippen liegen sanft auf meinen. Etwas rissig und etwas zu warm. Sein Kuss brennt sich in mich hinein. Ich falle förmlich in seine Arme.

Meine Knie sind weich wie Butter. Er hält mich sicher. Ich blinzele ihn an. Wann habe ich nur meine Augen geschlossen? Que drückt mich fest an sich. Gerade so, dass es noch angenehm ist. Ich kuschele mich in seine Arme. Das ist schön.

Ich bin immer noch in Ques Zimmer. Wir liegen zum zweiten Mal zusammen in seinem Bett. Jetzt allerdings küsst er mich. Er küsst gut. Heiß. Er schmeckt irgendwie nach Rauch, aber süßer. Ein Hustenanfall schüttelt seinen Körper durch und ich spüre jede Bewegung seines Körpers.
„Alles okay?", frage ich ihn und kann meine Besorgnis nicht zurück halten, obwohl ich dieses Husten schon öfter erlebt habe. Er lacht und drückt mich in die Matratze. Er küsst so unglaublich gut. „Que, ich meine das ernst."
Er hört nicht auf, sondern drückt sich noch näher an mich. Ques Finger streichen über meinen Körper und seine Küsse verbrennen mich immer mehr. Lodernde Flammen in meinem Mund. Er schmeckt stärker nach Rauch, als vorher. Ich zucke zusammen, als ich spüre, wie seine Finger sich unter mein Shirt schieben. Seine Finger streifen meinen Bauch und ich verspanne mich. Sie streichen in Richtung Knopf meiner Hose. Mir ist kochend heiß und seine Fingerspitzen legen Flammenherde auf meiner Haut. Alles kribbelt und das Blut rauscht in meinen Ohren, aber das geht mir zu schnell. Ich stoße ihn von mir.
„Tom?", fragt Que irritiert.
„Hör auf.", brumme ich grimmig.
In diesem Moment brodelt Wut in seinem Blick auf. Mit Zurückweisungen kommt er offenbar nicht sehr gut klar.
„Ich dachte wir hätten unseren Spaß.", sagt er aggressiv und mit einem gefährlichen Knurren in der Stimme.
Ich ziehe mein Shirt wieder ordentlich zurecht. Ich fühle mich nackt und unwohl. So sollte das nicht sein. Vielleicht hätte ich mich darauf nicht einlassen sollen? So arrogante Typen wie Que sollen mit Abweisungen ja nicht wirklich klar kommen. Habe ich zumindest mal gehört. Ich frage mich unwillkürlich, wie viel Erfahrung Que mit

seinen 16 Jahren wohl hat. Im Augenblick scheint er mir eindeutig voraus zu sein.
„Ich mag jetzt nicht.", wispere ich unsicher und habe nur noch das Bedürfnis hier heraus zu kommen. Diesem Impuls folgend stehe ich auf. „Ich sollte besser gehen."
Blitzartig steht Que mit verschränkten Armen vor mir. Sein Blick ist so hart, als er fordert: „Erkläre mir das jetzt."
Ich glaube nicht, dass ich jetzt einfach so aus diesem Zimmer raus komme. Als Drache ist er mir körperlich weit überlegen.
„Es hat nichts mit dir zu tun.", murre ich.
„Tom!", Ques Ton macht nur zu deutlich, dass ihm das als Antwort nicht ausreicht.
Ich seufze und flüstere: „Das geht mir zu schnell." Er zieht spöttisch eine Augenbraue hoch. Ich sehe in seine perfekten Züge und dann auf seinen durchtrainierten sexy Körper. Ich frage mich erneut wie viel Erfahrung dieser Kerl schon hat. Die mögliche Antwort macht es mir wirklich nicht leichter. „Hör mal, Que. Ich bin nicht so einer. Ich springe nicht einfach so schnell mit jemandem ins Bett. Ich habe noch nicht ..." Ich schüttele den Kopf. „Du kannst das akzeptieren, oder dir einen oder eine andere suchen."
Jetzt schmunzelt Que. Seine verschränkten Arme lösen sich und er sagt mit diesem Gesichtsausdruck: „Du bist noch Jungfrau?"
Ich brumme und funkele ihn aufgebracht an: „Ein Wort dazu und du kannst mich für immer in Ruhe lassen."
Er lächelt dieses Killerlächeln, das alle meine Sinne in Aufruhr versetzt. Ich schlucke und er sagt: „Dein Erster zu sein gefällt mir."
Sein Blick scannt mich förmlich. Mir wird brodelnd heiß. Das durchdringt mich komplett. Ich halte es nicht mehr aus und küsse ihn sanft.

Ich liege in Ques Armen, eingehüllt in die Wärme seines Körpers.
„Wie war das mit Beziehungen bisher bei dir?", frage ich zögerlich.
Ich spüre wie sich Que verspannt. Das ist ein Thema, über das er wohl nicht reden will. Aber ich habe das Gefühl, dass ich es wissen muss.

„Nichts was diese Bezeichnung verdient hätte.", grummelt er und ich habe das Gefühl, dass er am liebsten Knurren würde.
„Que!", dränge ich.
Sein Blick bohrt sich in meinen und er seufzt. Mir klopft das Herz vor Aufregung bis zum Hals.
„Mehr als eine Nacht war da nie.", sagt er schließlich. „Und es spielt auch keine Rolle wer es war. Unwichtig."
„Wie viele?", frage ich leise und frage mich selbst, warum ich mir das an tue.
Que überlegt und ich werde unruhig. Seine Stimme klingt plötzlich hart: „Das erste Mal vor etwa einem Jahr, als sich meine Flügel zum ersten Mal bemerkbar gemacht haben. Ich war schon mitten in der Pubertät, aufgewühlt wegen dem neuen Gefühl in meinem Rücken und ziemlich neugierig. Da war ein älterer Drache." Er zuckt mit den Schultern. Ich verziehe das Gesicht. Er streicht mir über den Rücken. Sein Züge verziehen sich unwillig. „Tom, lass mich aufhören. Du musst dir das nicht antun."
„Ich will es wissen.", halte ich an meinen Entschluss fest.

12. Quetzal – Drache-Mensch-Verbindungen

Tom kann so stur sein wie ein Jahrtausende alter Drache. Ich will ihm das nicht erzählen. Es wird ihm weh tun. Ich sehe es in seinem Blick, aber er gibt nicht nach. Ich schließe die Augen. Dann kurz und schnell. Schmerzlos wird es sicher nicht.
„Dann war da eine Nacht mit Xaron." Ich spüre wie sich Tom verkrampft. Natürlich. Ich bin immer noch mit Xaron befreundet. Für uns kein Thema, aber für Menschen schwer zu verstehen. Ich hauche ihm einen Kuss auf die Lippen. „Und noch eine Kellnerin und ein paar Typen in verschiedenen Clubs. Nichts weltbewegendes."
„Alles Drachen?", fragt er.
Ich nicke: „Alles Drachen."

Er vergräbt sein Gesicht in meiner Halskuhle und ich fühle seinen Atem auf meiner Haut. Heiß-kalte Schauer rieseln durch meinen Körper.
„Das heißt ...", raunt er kaum hörbar.
„Du bist der erste Mensch, den ich will, Tom.", erkläre ich inbrünstig.
Er brummt und sagt kein einziges Wort. „Tom? Komm schon, Süßer. Sag was."
„Was soll ich dazu sagen?", murmelt er.
„Wie froh du bist, dass ein so göttlicher Drache wie ich, gerade dich will.", grinse ich.
Seine Augen funkeln mich an und er schlägt mir gegen die Seite.
„Arroganter Kerl.", schnaubt er.
„Fürs Schnauben ist der Drache zuständig.", lache ich.
„Idiot."
Ich drehe uns herum und beuge mich über ihn. Seine Augen sind groß und dunkel. Ich küsse ihn wieder. Seine Lippen sich weich und schmiegen sich sanft an meine. Er schmeckt süß und verlockend. Kein Wunder, dass ich mehr von ihm will. Ich kann nicht aufhören ihn zu küssen.

Irgendwann schiebt Tom mich etwas von sich. Ich knurre leise. Ich will nicht aufhören ihn zu küssen. Er lacht. Der hat Nerven.
„Erzähl mir von Atzlan und Itotia.", verlangt er.
„Maja.", knurre ich.
So eine Plaudertasche. Herzlichen Dank auch.
„Erzähl.", fordert Tom.
Ich stoße die Luft durch zusammengepressten Zähne aus. Ich kann ihm nicht alles sagen. Dann müsste ich ihm zu viel erklären. Das zwischen uns ist zu neu, zu frisch, um damit anzufangen.
„Atzlan war ein mächtiger Drache. Man weiß es heute nicht mehr ganz genau, aber es gibt Drachen, die sogar behaupten, dass er zu seiner Zeit der König der Drachen war.", beginne ich vorsichtig zu erzählen.
„Ihr habt einen König?", fragt Tom überrascht.
Ich schüttele den Kopf und küsse ihn kurz. Eigentlich zu kurz.

„Es gab Zeiten, da hatten wir einen König, aber das liegt lange zurück.", antworte ich und komme wieder auf das eigentliche Thema zurück. „Wie gesagt, Atzlan war ein mächtiger Drache seiner Zeit. Itotia war seine Gefährtin."
„Ist das so ungewöhnlich?", bohrt Tom nach.
„Itotia war ein Mensch."
„Meintest du das mit du hättest mehr mit Atzlan gemeinsam, als du früher gedacht hättest?", Ich merke Tom die Vorsicht regelrecht an.
„Da gibt es nur einen Unterschied, Süßer." Er sieht mich fragend an und bei seinem süßen Blick kann ich nicht anders, als ihn zu küssen.
„Itotia war weiblich und du bist eindeutig männlich."
„Will ich hoffen, sonst wäre ich mein Leben lang in die falschen Umkleidekabinen gegangen.", scherzt Tom und ich ziehe ihn lachend noch etwas fester an mich.
Jetzt hab ich ihn und ich lasse ihn nicht mehr los. Er gehört mir!
„Über Atzlan und Itotia wird deshalb immer so viel gesprochen, weil sie die erste Drache-Mensch-Beziehung in der Geschichte der Drachen geführt haben.", fahre ich fort.
Drachenreiter! Mein Inneres krampft sich zusammen. Wie soll ich das nur jemals angehen? Alleine der Gedanke schnürt mir bereits die Luft ab.
„Aber es gab andere?", ich kann die Angst, dass es zwischen uns vielleicht nicht klappen könnte aus Toms Worten heraushören.
Ich würde sie ihm zu gerne nehmen, aber ich fürchte damit würde alles viel zu schnell gehen.
„Es gab andere.", nicke ich.
Es scheint ihn etwas zu beruhigen. Er legt seinen Kopf aufatmend auf meine Brust. Ich würde ihn zu gerne küssen, aber ich begnüge mich damit ihn sanft zu streicheln. Im Augenblick will ich nur, dass seine Angst verschwindet. Sein Körper ist noch leicht verspannt und ich streichele ihm die Angst aus Muskeln und Knochen.

Ein knurrender Magen kann ganz schön nerven. Besonders wenn man mit seinem Geliebten am liebsten im Bett bleiben würde. Ich stoße ein Seufzen aus.
„Süß oder herzhaft?", frage ich Tom, der mich überrascht ansieht.
„Essen, Süßer." Er mustert mich und ich erkenne in seinem Blick, dass ihm gefällt was er sieht. Ich küsse ihn noch einmal, ehe ich aus dem Bett steige und ihn mit mir ziehe. „Also, süß oder herzhaft?"
„Süß.", entscheidet sich Tom.
Ich grinse. Hätte ich mir denken können. Kakao, Marmelade, süßes Obst und so weiter. Das scheint er zu lieben. So viel habe ich schon mitbekommen seit ich hier lebe.

Inzwischen stehe ich am Herd und bereite Pitaya-Pfannkuchen zu. Tom steht im Türrahmen und beobachtet was ich da tue. Ich spüre seinen Blick intensiver, als das Brennen meiner Flügel.
„Du wärst ein guter Hausmann.", lacht er jetzt.
„Nur Koch.", ich drehe den Kopf und grinse ihn über die Schulter hinweg an. „Ich hasse Putzen, Tom."
„Man kann es ja mal versuchen.", grinst er zurück und kommt näher zu mir.
Ich widme mich wieder den Pfannkuchen und seufze genießerisch, als sich Toms Arme von hinten um meine Hüfte legen. Er schmiegt sich an mich.
„Verbrenne dich nicht.", flüstere ich in Gedanken an meine brennenden Flügel.
„Meine persönliche, lebende Heizung.", scherzt er.
Ich wende den Pfannkuchen und drehe mich dann in seinen Armen um. Ich ziehe ihn eng zu mir.
„Die Körpertemperatur eines Drachen liegt etwa bei 38 bis 39 Grad. Wenn wir uns lange nicht verwandelt haben, kann sie auch auf bis zu 42 Grad steigen.", erkläre ich ihm, nicht weil es unbedingt nötig ist, sondern weil ich will, dass er mehr darüber weiß.
„Dann liegt Fieber bei euch wohl viel höher, als bei uns. Bei uns wäre es dann tödlich.", murmelt Tom.

Ich schüttele ernst den Kopf und sage: „Drachen kriegen kein Fieber. Wenn wir mal krank sind, dann haben wir höchstens Untertemperatur."
„Drachen werden also auch krank?"
„Definitiv seltener, als Menschen. Ich war noch nie richtig krank.", ich zucke mit den Schultern, küsse Tom leicht und wende mich wieder den Pfannkuchen zu. „Gleich fertig, Süßer. Stellst du schon mal Getränke rüber?"

„Süßes für meinen Süßen.", grinse ich und stellte die Pfannkuchen auf den Tisch.
Tom nimmt sich den ersten Pfannkuchen und sagt mit vollem Mund: „Löcker."
„Tja, ich bin einfach der Beste.", erwidere ich.
„Spinner."
„Wenn überhaupt, dann deiner.", lache ich.
„Das klingt schön."
Schlüsselgeklimper, ein Klick und die zufallende Haustür sagen mir, dass wir jetzt nicht mehr alleine im Haus sind.
„Wir sind wieder da.", ruft Anna aus dem Flur.
Ich greife nach Toms Hand. Seine Augen strahlen mich an, da ich offensichtlich nicht vor habe UNS vor seinen Eltern zu verheimlichen.

Anna und Joachim haben bisher nichts gesagt, aber Joachims Blick war ziemlich skeptisch auf unsere verschränkten Hände gerichtet.
„Tom, geh doch mal auf dein Zimmer. Wir müssen uns mal in Ruhe mit Quetzal unterhalten.", sagt er nun zu Tom.
Ich sehe wie sich die Züge meines Geliebten verfinstern. Ich lehne mich über den Tisch vor und sehe ihm in die Augen, während ich flüstere: „Geh schon mal in mein Zimmer. Ich kläre das und komme dann nach."
Toms Eltern warten bis Tom tatsächlich nicht mehr in Hörweite ist. Ihre Blicke sind durchdringend.
„Du bist ein Drache, Quetzal.", sagt Anna nach einiger Zeit Schweigen.

„Das ist mir klar.", erwidere ich ernst und lehne mich bemüht lässig zurück.
„Tom ist ein Mensch. Denk mal darüber nach.", kommt es daraufhin wesentlich angriffslustiger von Joachim.
Ich ziehe eine Augenbraue hoch und schnaube: „Ich bin nicht blöd, Joachim. Ich mag Tom und er mich." Ich lächele beim Gedanken an Toms strahlende Augen. „Drachen und Menschen, das kommt zwar nicht so oft vor, aber es ist auch nicht das erste Mal."
„Und für wie lange?", presst Joachim hervor und sieht nicht freundlich aus.
„Du bist ein Drache. Du wirst Jahrhunderte, oder Jahrtausende leben. Du siehst noch lange so aus wie jetzt. Tom wird älter werden. Wie lange also soll das andauern?", erklärt Anna das Verhalten ihres Mannes.
Drachenreiter, fällt mir dazu nicht zum ersten Mal ein, aber ich spreche es nicht aus. Das ist alles zu früh. Ich will Tom nicht verschrecken, wenn seine Eltern ihm das hier erzählen. Ich müsste so viel von ihm fordern.
„Tom ist unglaublich. Das hat nichts mit seinem Alter zu tun.", sage ich angespannt. „Ich will, dass das mit Tom funktioniert. Das ist mir echt wichtig." Ich atme tief durch. „Sagt es ihm nicht. Ich denke, das wäre alles zu früh, aber ich sage es euch jetzt. Tom ist mein Schicksal. Ich fühle das in jeder Faser meines Körpers. Es gab früher schon Drache-Mensch-Verbindungen in unserer Geschichte. Es hat immer irgendwie funktioniert. Ich kann dazu jetzt wirklich nicht mehr sagen."
Ich stehe auf, aber Joachims Stimme durchschneidet die Luft: „Irgendwie?"
„Das hier ist erst einige Stunden so." Ich habe nicht auf die Uhr gesehen. „Immer ein Schritt nach dem anderen. Keiner von uns sollte jetzt schon drei oder vier Schritte voraus denken.", ein Gedanke, der mich wahnsinnig macht.
„Brich ihm nicht das Herz.", flüstert Anna.
„Das will ich gar nicht.", damit reicht es mir jetzt auch.
Ich mache mich auf den Weg in mein Zimmer.

13. Tom – Zusammengehörig

Ich warte in Ques Zimmer. Am liebsten wäre ich bei ihm und meinen Eltern geblieben. Ich verstehe einfach nicht was das soll. Bisher schienen Mama und Papa Que doch zu mögen. Jetzt wirkte vor allem Papa nicht begeistert. Ich laufe in Ques Zimmer hin und her. Ich bin unruhig. Was können sie nur dagegen haben? Um mich abzulenken sehe ich mich das erste Mal genauer in Ques Zimmer um. Wenn er dabei ist, bin ich viel zu sehr von seiner Anwesenheit eingenommen. Ein zusammengeklappter Laptop steht auf dem Schreibtisch, daneben liegen ein paar Bücher und Papiere. An der Wand hängt ein Bild, das mir die Luft abschnürt. Es zeigt Que mit einem Mädchen. Er trägt sie Huckepack. Ihre Arme sind um seinen Hals geschlungen. Die beiden lachen. Mir liegt plötzlich ein Stein im Magen.
„Hey.", ertönt Ques Stimme und seine Arme schlingen sich von hinten um mich.
„Hey.", wispere ich und lehne mich an seinen muskulösen Körper. Mein Blick klebt förmlich an dem Foto an der Wand. „Wer ist sie?"
„Meine beste Freundin. Wir haben damals ganz schön herum geblödelt.", sagt er direkt an meinem Ohr und ich kriege von seinen heißen Atem eine Gänsehaut.
„Ich hab keine Bilder von meinen Freunden aufgehängt.", murmele ich ernst.
„Ich habe sonst niemanden mehr.", Ques Stimme klingt erstickt und in mir krampft sich alles zusammen. Ich wollte ihn nicht an diesen Verlust erinnern. „Nur meine Freunde und dich."
„Tut mir leid."
„Du kannst nichts dafür.", in diesem Moment erinnert er mich nicht mehr an den Typen, der vorher wütend geworden ist, als wie im Bett gelegen haben.
Jetzt klingt er verständnisvoll.

Das Frühstück ist schön und seltsam zugleich. Papa liest heute keine Zeitung, sondern mustert Que skeptisch. Mama ist viel stiller als sonst. Das merke ich aber nur am Rande, denn immer wieder versinke ich in Ques Augen. Er greift nach meiner Hand. Kribbelnde Blitze jagen von der kleinen Berührung in meinen Körper. Er lehnt sich über den Tisch und küsst mich. Der Kuss brennt sich tief in mich hinein. Que lehnt sich zurück und hustet. Er nimmt sich eine Serviette und spuckt hinein. Er grinst mich an: „Kakao ist für mich wohl keine gute Idee, hmm?"
„Sag mir doch, dass ich mir den Mund abwischen soll.", erwidere ich seufzend.
„Ging nicht." Ich bin verwirrt. „Ich konnte nicht warten."
„Spinner.", lache ich.
„Das hatten wir gestern schon.", grinst er mich spöttisch an.
Ich muss wieder lachen. Er küsst mich noch mal. Dieses Mal ohne folgenden Hustenanfall.

Wir haben die Schule fast erreicht und ich seufze. Jetzt sind die Demonstranten auch vor unserem Gebäude. Que zieht mich wieder zurück hinter die Hausecke, um die wir gerade gebogen sind.
„Geh vor, Tom.", sagt er zu mir. Ich kann ihn nur sprachlos anstarren und den Kopf ablehnend schütteln. „Jetzt komm schon, Süßer. Die sind wegen mir hier. Wenn du alleine gehst, lassen sie dich in Ruhe." Ich schüttele wieder den Kopf und schmiege mich in seine Arme. „Tom, du musst dir das nicht an tun."
„Ich tue mir gar nichts an.", rege ich mich auf. „Das sind die, keiner von uns. Ich bin an deiner Seite, selbst wenn es ungemütlich wird."
Ques Hand streicht mir mit einer Hand über den Rücken. Seine andere Hand legt sich in meinen Nacken. Ich lehne meinen Kopf an seine starke Schulter. Die kraulende Hand in meinem Nacken fühlt sich unglaublich gut an, während mein Herz eindeutig versucht einen Marathon zu gewinnen. Alles in mir kribbelt.
„Na komm, aber bleib ganz nah bei mir.", haucht er mir zu.

Kurz darauf weiß ich warum er mir das gesagt hat. Er versucht wieder wie gestern mich vor den Attacken abzuschirmen und bekommt dadurch mehr ab, als ich.
„Die sollten uns hier eine transportable Dusche aufstellen.", merke ich an, als wir damit beschäftigt sind uns die Überreste vom Körper zu pflücken.
Que lachte und meint: „Das wäre mal eine Idee."
„Die sicher nicht umgesetzt wird.", ertönt Marius' Stimme.
Ich höre meine Freunde lachen und drehe mich lächelnd um, aber eigentlich wäre ich gerne noch einen Moment mit Que alleine. Als er sich zu mir beugt und seinen Kuss in mich hinein brennt, ist die Welt für kurze Zeit verschwunden. Maja stößt einen Pfiff aus und erklärt: „Klasse. Ich wusste doch, dass ihr zwei gut zusammen passt."
Ques Arm schlingt sich um meine Hüfte und er zieht mich an sich. Sein Grinsen ist arrogant, ebenso wie seine Stimme: „Wie zwei perfekt zusammen passende Puzzleteile."
Mich durchläuft es bei diesen Worten heiß und kalt. Das klingt unglaublich schön.

Ohne Que hätte ich mich bei den abgesackten Temperaturen nicht auf die Wiese, sondern auf eine der Bänke gesetzt. Doch an Que gekuschelt macht es mir nichts aus. Sein Körper ist warm und ich merke das kühle Gras nicht. Die zwei Bänke in der Nähe von uns sind von meinen Freunden besetzt. Es ist noch nicht so kühl, dass die Schüler sich nicht mehr im Schulgarten aufhalten. Nur im Gras sitzen tun die wenigsten. Que hält mich sicher und warm. Ich fühle mich gut, als gehörte ich vollkommen zu ihm. Ich zucke zusammen, als ein Klingelton ertönt. Que knurrt und fischt sein Handy aus seiner Tasche. „Ja.", brummt er hinein. Er schweigt etwas. Dann klingt seine Stimme seltsam matt: „Ja. Hmm. Muss das sein?" Ein ersticktes Knurren und ansonsten Schweigen, während er lauscht. „Gut. Hol mich nach der Schule ab."
Er legt auf und ich frage: „Was ist los?"

„Ärger.", raunt er und vergräbt sein Gesicht in meinem Nacken. „Ich will jetzt nicht darüber reden, Süßer."
Ich würde es gerne wissen, aber im Augenblick reicht es seine Nähe zu spüren.

Ich mache mir ernsthaft Sorgen, um Que. Bei diesem Telefonat ist irgendetwas mit ihm passiert. Bereits nach der ersten Unterrichtswoche war ich mir sicher, dass er einen eindeutigen 1,0er Durchschnitt bekommen wird. Egal was unsere Lehrer in gefragt haben, er hatte immer die richtige Antwort parat. Nur heute nicht. Er ist vollkommen abgelenkt. Ich kann nicht mehr tun, als seine Hand, die meine unter dem Tisch hält, zu drücken, denn ich weiß nicht was mit ihm los ist. In der nächsten fünf Minutenpause komme ich gar nicht dazu mit ihm zu reden. Er zieht seine Handy hervor und wählt eine Nummer. Nach kurzem scheint sich ein Gesprächspartner zu melden: „Hallo, Anna." Mama? Warum ruft er Mama an? „Du brauchst uns heute nicht abholen." Eine kurze Pause, offenbar sagt sie etwas. „Nein, es geht schon. Wir müssen noch etwas erledigen. Franz bringt uns später heim." Que wartet und sein Gesichtsausdruck ist ungeduldig, als er nickt und sagt: „Ja, keine Sorge."
Er legt auf und ich will ihn fragen was los ist, aber da kommt Frau Marinas herein und die nächste Stunde beginnt.

„Que?", frage ich auf dem Weg aus dem Gebäude.
„Kleinen Moment noch, Tom.", ist alles was Que dazu sagt, während er mich an seiner Seite festhält.
„Quetzal, was soll das?", ruft Maja laut aus.
Er wirbelt herum. Ein Knurren in ihre Richtung.
„Nicht jetzt.", grollt er und dreht sich um. Das Orange in seinen Augen ist stärker geworden, als er mich ansieht. Er zieht stark die Luft ein.
„Ich erkläre es dir gleich, Tom. Komm mit."
Ich nicke und sage zu meinen Freunden: „Macht euch keine Gedanken. Das wird schon."
„Tom.", drängt Marius.

Ich glaube es wäre ihm lieber, dass ich bleibe, aber ich kann nicht. Que hat mich aufgefordert mit ihm zu kommen. Verflucht! Ich bin schon viel zu verknallt in ihn.

Que hat es so eilig gehabt zum Auto zu kommen, dass er die fauligen Wurfgeschosse auf uns nur notdürftig weggestrichen und mich auf die Rückbank des schwarzen BMW gezogen hat.
„Was macht er hier?", erklingt ein dunkle Stimme vom Fahrersitz.
„Er gehört zu mir.", knurrte Que zurück.
Damit ist die Sache erledigt. Der Fahrer stellt Ques Worte nicht in Frage, sondern fährt los. Ich kuschel mich in die Arme meines Drachen und lausche der Einlösung seines Versprechens, wie er mir erklärt was los ist: „Ich muss zur Polizei." Seine Stimme hatte wieder diesen eigenartig matten Klang, wie in der Pause am Telefon. „Es ist etwas passiert, Süßer. Und es hat mit dem zu tun was ..." Er schluckt hörbar.
„... mit meiner Familie geschehen ist."
„Oh.", entfährt es mir.
Ich weiß nicht was ich sagen soll, also versuche ich ihn durch meine Anwesenheit zu beruhigen. Ich drücke mich eng an ihn und küsse ihn leicht auf den Hals. Sein Kopf dreht sich ein Stück mehr und ich versinke in seinem Blick, ehe ich in Flammen aufgehe unter den brennenden Lippen, die sich auf meinen Mund legen. Seine Hitze durchdringt mich und lässt mich lodern. Que lässt mich nicht los, nimmt meine Lippen immer wieder in Beschlag, nur immer wieder kurz gelöst, wenn wir Luftholen müssen.

Ich komme erst wieder dazu zu denken, als das Auto vor dem Polizeirevier anhält.
„Du hattest es nur angedeutet, Franz. Was ist jetzt genau passiert?", fragt Que den Fahrer.
Der Mann dreht sich zu uns um und erst da erkenne ich den Drachen, der damals im Fernsehen aufgetreten ist. Seine Stimme klingt genau so wie ich sie in Erinnerung habe: „Es gab einen weiteren Anschlag." Ich spüre wie sich Ques Muskeln unter meinen Händen versteifen. „Es war

heftig." Jetzt verspanne ich mich auch. „Ein jungen Drachen wurden die Flügel zerschnitten." Ich lege meine linke Hand angespannt auf Ques Rücken, dort wo ich seine Flügel heiß unter dem Stoff spüren kann. Ques Körper vibriert in einem fast lautlosen Knurren. „Da war ein Zeichen, mit seinem Blut gemalt."
Mir verursacht die Vorstellung Übelkeit. Que brennt noch einen heißen Kuss auf meine Lippen, ehe wir aus dem Auto steigen. Das Gebäude vor dem wir stehen ist groß und alt. Nur ein Leuchtschild über der Tür zeigt an, dass es sich um eine Polizeiwache handelt.

14. Quetzal – Verlust und Wut

Von außen wirkt die Wache recht alt, aber von innen ist sie doch ziemlich modern eingerichtet. Ich greife nach Toms Hand. Ich brauche hier bei echt Unterstützung. Er drückt meine Hand und auch Franz legt kurz seine Hand auf meine Schulter. Dann geht er voran. Tom und ich folgen ihm. Ich habe das Gefühl einen ganzen Berg im Magen liegen zu haben. Ich bemerke den Typen erst, als er vor uns auftaucht. Ich will nur weiter, auch wenn ich eine Auseinandersetzung sonst nie scheue.
„Hey, Schwuchtel, ich wusste gar nicht, dass man so was jetzt im Polizeirevier duldet. Oder ist es so, dass es endlich wieder unter Strafe steht und jetzt Verhaftungen vorgenommen werden?", blökt er.
Die Erinnerungen haben mich so getroffen, dass ich ihn einfach nur ignorieren will. Das ist sonst gar nicht meine Art, aber im Augenblick ist mir das einfach zu faul.
„Verschwinde.", ich sehe Tom überrascht an. Seine sonst eher sanften Augen funkeln wütend. „Geh und sondere deinen Müll woanders ab."
Ich halte die Luft an. Der andere Kerl ist wesentlich größer und muskulöser als mein Geliebter. Sein Kiefer mahlt und ich sehe eine Ader an seinem Hals hervor treten. Der ist jetzt gerade mal richtig wütend.
„Was fällt dir ein, Schwuchtel?", schreit er auch schon und das mitten in einer Polizeiwache.

Wieso reagiert da eigentlich noch keiner? Das nennen Menschen dann wohl Beamtenmentalität.
„Mir fällt ein, dass du gefälligst dein Schandmaul halten solltest.", brüllt Tom zurück.
Da rastet der Schrank auch schon aus. Habe ich ihn richtig eingeschätzt. Noch bevor seine geballte Faust meinen Geliebten treffen kann, habe ich sie abgefangen. Ich stoße ihn zurück und baue mich vor Tom auf.
„Wage es ja nicht.", knurre ich ihn an und als er meine Augen sieht weicht er zurück.
„Quetzal, beruhige dich.", sagt Franz zu mir.
Ich ziehe scharf die Luft ein. Toms Hand legt sich auf meinen brennenden Rücken und meine Wut löst sich langsam auf.
„Ah, Herr Leibing und Herr Carupa, da sind sie ja.", kommt es aus der gerade geöffneten Tür eines Büros. „Kommen sie herein."
Na der hätte auch mal vor einer Minute öffnen können. Da ich den Polizisten nicht kenne, kann er es nur daran erraten haben, dass er Franz bereits kennt. Na ja, nach seinem Fernsehauftritt vor vier Jahren sollte mich das nicht wundern. Wir gehen auf die Tür zu. Der Polizist schüttelt in Toms Richtung den Kopf. Ich verspanne mich.
„Ist schon gut.", flüstert Tom und streicht mit seinem Daumen über meinen Handrücken.
Für eine Millisekunde lösen sich sämtliche Sorgen in mir auf, aber sie kommen viel zu schnell zurück und nehmen mir den Atem. Ich drehe den Kopf herum. Dort steht der Idiot an der Wand. Noch immer sieht er wütend aus.
~Rühre ihn an und ich lade dich zu nächsten Drachengrillparty ein.~, lasse ich ihn meine Gedanken hören.
Seine Augen sind weit aufgerissen, als ich das tue. Ich drücke Toms Hand noch einmal, dann folge ich Franz in das Büro des Beamten.

Ich setze mich auf den mir angebotenen Platz und warte angespannt ab. Der Polizist tippt auf seiner Tastatur herum und ich will nichts lieber, als sofort wieder hier heraus zu kommen. Obwohl das Gebäude abzubrennen einen ganz eigenen Reiz hätte. Das Surren des Druckers reißt mich aus diesem verlockenden Gedanken heraus. Franz' Blick ist durchdringend und besorgt auf mich gerichtet. Ob er etwas davon ahnt, was in meinem Kopf vor sich geht? Ich wage es nicht in seinen Kopf zu schauen. Drachen können so etwas spüren, selbst wenn nicht alle Drachen über Kräfte wie meine verfügen. Der Kommissar nimmt den Ausdruck aus der Maschine und legt ihn auf den Tisch vor mich. Ein Bild in rot auf eine Hauswand gemalt. Hitze peitscht durch meine Brust hindurch. Meine zweite Lunge zieht sich zusammen. Beißender Rauch steigt meine Kehle hinaus. Ich krümme mich im heftigsten Hustenanfall der letzten Zeit zusammen. Alles in mir schreit danach Feuer zu speien. Es sind nur Linien, Dreiecke, Quadrate und Rechtecke, aber ich kenne es und ich kann mir denken was es bedeutet, auch wenn es nur angedeutet ist. Ein von einem Schwert durchbohrter Drache. Dasselbe Zeichen wie auf dem Schwert. Mein Magen verkrampft sich, als ich an das blutige Schwert denke. Ich schiebe das Papier von mir. Es vertreibt die Erinnerung nicht. Ich brauche mehrere Anläufe, um etwas zu sagen und selbst dann hört sich meine Stimme nicht mehr an wie meine Stimme: „Das ist es." Ich schlucke und räuspere mich. Das verhindert nicht den schrägen, fremden Ton in meinen Worten. „Das Zeichen auf dem Schwert."

„Es sah ihrer Zeichnung so ähnlich, dass wir uns vergewissern mussten, Herr Carupa. Es tut mir leid, dass wir sie an all das erinnern müssen.", sagt der Polizist, doch seine Worte klingen ganz und gar nicht so, als würde er es so meinen.

Ich stehe auf, ohne mich zu verabschieden. Ich muss hier raus, selbst wenn das heißt, dass ich erst einmal nicht erfahre wie es dem verletzten Drachen geht. Ich halte das hier nicht mehr aus. Ich trete auf den Gang hinaus und die Tür fällt hinter mir zu. Ich ziehe Tom an mich und vergrabe mein Gesicht in seinem Nacken.

„Wir gehen schon mal zum Auto.", entscheidet er.

Ich lasse mich mitziehen. Ich bin froh aus diesem Gebäude herauszukommen.

„Ich würde hier gerne alles abbrennen.", flüstere ich Tom vor der Tür ins Ohr.

„Das wäre auch keine Lösung.", erwidert er und ich nicke grummelig. Das weiß ich selbst. „Und außerdem gilt deine Wut nicht ihnen, sondern diesen Attentätern."
„Mag sein.", murmele ich und seufze. „Aber es regt mich auf, wenn die Polizisten den Eindruck erwecken, dass sie sich nicht darum scheren, was mit uns geschieht."
„Viele Menschen haben Angst." Ich ziehe spöttisch eine Augenbraue hoch. „Du bist viel stärker, als jeder Mensch." Ich nicke. Das hat er gut erkannt, obwohl ich es nie so deutlich gesagt, oder die Drachenkraft zum Thema gemacht habe. „Du wirst Feuer speien können, Que. Das sind Fähigkeiten, die viele Menschen fürchten. Die meisten Menschen möchten gerne alles unter Kontrolle haben. Besonders die gefährlichen Situationen."
„Ja.", brumme ich und küsse ihn.
Ich hab genug von dem Thema.

Erst als ein Räuspern hinter uns erklingt höre ich auf Tom zu küssen. Ich drehe mich leise knurrend zu Franz herum.
„Nächsten Dienstag.", sagt er.
„Was ist da?", fragt Tom.
Ich will es eigentlich gar nicht wissen. Ich habe ein mieses Gefühl in der Magengegend.
„Die Beerdigung.", teilt Franz mit und mustert mich besorgt. „Halb drei."
Ich drücke Tom an mich, während mein Magen bereits wieder rebelliert. Ich will das alles nicht hören. Es soll nur vorbei sein. Toms Hand streicht über meinen erhitzten Rücken. Ein Schauer rieselt durch mich hindurch.
„Wir werden da sein.", sagt er statt meiner.
Ich starre ihn an.
„Ich bringe euch nachhause."
Tom zieht mich mit ins Auto. Auf der Rückbank hält er mich ganz fest und ich bin froh darüber. Alles andere wäre gerade unerträglich.

„Du kannst ruhig etwas essen gehen.", sage ich zu Tom.
Wir liegen auf dem Bett. Ich habe keinen Hunger, aber bei ihm sieht das vielleicht anders aus. Ich denke er sollte etwas essen. Gleichzeitig halte ich ihn aber fest an mich gedrückt. Ich habe das Gefühl in lauter Einzelteile zu zerfallen, wenn er nicht mehr bei mir ist.
„Wir essen nachher zusammen.", sagt er.
Beim Gedanken an Essen krampft sich mein Magen zusammen.
„Ich habe ..."
„Sag mir jetzt nicht, dass du keinen Hunger hast. Du wirst nachher mit mir essen und wider sprich mir nicht.", Toms Stimme ist entschieden, als wolle er keinen Widerspruch zulassen.
Ich seufze und fange keine Diskussion an. Dazu habe ich gerade echt keine Kraft. Und das von einem Drachen.
„Wie du meinst.", gebe ich nach, obwohl ich nicht glaube, dass ich später etwas runter kriegen werde.
„Rede mit mir."

Ich stochere lustlos in meinem Essen herum. Meine Frikadellen sind schon richtig zerpflückt.
„Du sollst das essen.", kommt es von Tom.
„Ich kann nicht.", brumme ich.
„Reden soll helfen, hab ich mal gehört.", erwidert er und lehnt sich nach vorne. Seine Hand legt sich auf meine. „Erzähl."
Ich knurre und springe auf. Ich bin wütend. Ich habe versucht meine Wut zurück zu halten, habe mich an den Gefühlen für Tom festgeklammert.
„Du hast keine Ahnung wie es mir geht.", brülle ich ihn an, obwohl ich das eigentlich nicht will, aber ich bin sauer. „Ich will da raus gehen und diese Idioten grillen." Ich huste, als sich meine zweite Lunge zusammen zieht. „Ich will das Schwert schmelzen, das meinen Bruder getötet hat und dem Mistkerl, der es geführt hat, das Herz raus reißen." Ich schaffe es gerade so, dass ich nicht die Tischplatte zerschlage. Dafür balle ich meine Hände so fest zu Fäusten, dass es mir

so richtig weh tut. „Aber das verstehst du eh nicht.", schreie ich Tom an und hasse mich dafür, dass ich das tue, aber ich kann nicht anders. Ich laufe im Esszimmer hin und her. Plötzlich stellt er sich mir in den Weg und ich bleibe stehen. Er wirkt so ruhig, dass ich direkt wieder ausrasten könnte. Tom schüttelt den Kopf.
„Du bist nicht sauer auf mich.", sagt er sachlich und ich schaffe es einmal durchzuatmen, bevor ich die Situation noch schlimmer machen kann. „Es ist die ganze Situation und dass du nichts tun kannst. Du kannst deine Familie nicht wiederbeleben." Ich knurre. „Und du kannst nicht rückgängig machen, dass dieses Grauen einem anderen Drachen angetan wurde." Er tritt noch einen Schritt auf mich zu. Der Abstand zwischen uns ist gering. Tom greift nach meinen zu Fäusten geballten Händen und meine verkrampften Finger lockern sich langsam. „Ich kann es auch nicht, aber erlaube mir doch für dich da zu sein."
Ich komme mir wie ein Idiot vor. Ich sollte mich in ein Rindvieh verwandeln, nicht in einen Drachen. Ich ziehe Tom das letzte Stück zu mir heran und lege meine Arme um ihn. Meine Stirn lehnt an seiner. Wir sind uns so nah, dass wir dieselbe Luft atmen. Ich werde nach und nach ruhiger. Er ist eigentlich viel zu gut für mich.
„Entschuldige.", murmele ich.
Tom legt seine Hand an meine Wange und ich schmiege mich hinein. „Du bist vollkommen fertig.", stellt er fest und küsst mich flüchtig auf die Lippen.
Ich stoße ein Seufzen aus und murmele: „Ich weiß im Augenblick echt nicht, was ich tun soll."
„Zuerst einmal sollte mein Drache etwas essen.", meint Tom und zieht mich zum Tisch.
Ich hole tief Luft und gebe nach, auch wenn ich immer noch keinen Hunger verspüre. Ich zwinge mich dazu zumindest eine Frikadelle zu essen.
„Okay, so?", frage ich anschließend.
„Guter Drache.", sagt Tom und es klingt, als würde er mit einem braven Tier sprechen. Ich kann in dieser Situation nicht anders, als lachen. Er lächelt. „Na geht doch."

Ich neige den Kopf etwas zur Seite und frage: „Was nun?"
„Jetzt räumen wir hier alles weg, gehen dann in dein Zimmer und kuscheln etwas.", teilt Tom mir mit. „Und am Dienstag begleite ich dich. Vielleicht hilft dir das."

Ich merke, dass Tom überrascht ist. Die Beerdigungszeremonie unterscheidet sich nicht sonderlich von denen von Menschen, aber wir gehen danach nicht noch essen oder setzen uns zusammen. Wir werden unter gewöhnlichen Umständen so alt, dass der Tod längst nicht so präsent ist, wie bei Menschen. Deshalb gehen wir ganz anders damit um. Ich habe mich echt zusammen gerissen, aber das ist mir echt schwer gefallen.
„Lass uns zu Fuß zurück gehen, Süßer.", flüstere ich Tom ins Ohr.
Er nickt nur und lehnt sich an mich.

„Du musst nicht nur stark sein, Que.", meint mein Geliebter, als wir durch den Wald gehen, der hinab ins Tal führt, wo das Haus seiner Eltern steht. „Ich bin auch an deiner Seite, wenn du es nicht bist."
Ich schlucke und raffe den letzten Rest an Selbstbeherrschung in mir zusammen, um zu sagen: „Es geht schon."
Ich glaube nicht, dass er mir das wirklich abnimmt. Er bleibt stehen und seine Arme schlingen sich um mich, während er sich an meine Brust schmiegt. Mein Körper kribbelt und rauscht. Seine Finger streichen über meinen aufgeheizten Rücken. Ich fühle meine Flügel pulsieren.
„Ich bin immer für dich da.", flüstert er.
Meine Fassade kracht ein. Ich fange richtig an zu zittern. Ohne Toms Arme um mich herum würde ich vermutlich zerbrechen. Ich vergrabe mein Gesicht in seinem Nacken und schluchze auf, auch wenn ich nicht weinen kann. Ich fühle mich, als würde ich es gerade tun. Das ist mir noch nie passiert und ich bin überrascht, als ich mich nach einer gefühlten Ewigkeit von Tom löse und mich etwas besser fühle.
„Danke.", hauche ich ihm zu und streife seine Lippen mit meinen,
Seine Finger streichen meine Wangen entlang.

„Ich habe schon gedacht du hättest geweint.", merkt er an.
„Drachen können nicht weinen.", erkläre ich ihm. „Aber es tat gut hier so zu stehen und so zu tun, als könnte ich es."
Tom lächelte leicht und meint: „Ich will, dass du offen bei mir bist, ob du nun gut drauf oder traurig bist. Wir müssen offen sein, wenn das mit uns funktionieren soll. Versprichst du mir das?"
„Ich tue was ich kann."
Er holt tief Luft und nickt dann. Ich schlinge einen Arm um seine Schultern, während er einen von seinen um meine Hüfte legt. So gehen wir weiter.

15. Tom – Kirmes

„Herbstkirmes, Leute?", fragt Marius am Morgen nach der Beerdigung. Dieses Spektakel hätte ich über Ques Situation fast vergessen. Ich bin immer gerne dorthin gegangen, aber ich weiß nicht, ob das etwas für Que ist. Nicht so kurz nach der Beerdigung.
„Klar.", sagt er jedoch, bevor ich Bedenken anmelden kann.
„Freitag?" Auch die anderen stimmen zu und ich höre Ques Stimme in meinem Kopf: *Etwas Ablenkung wird gut tun.*
Es kommt nicht oft vor, dass er seine Gedankenkräfte an mir anwendet, aber irgendwie habe ich auch kein Problem damit. Das hätte ich vielleicht bei jemand anderem, aber nicht bei ihm. Schon kurios.
„Bist du dir sicher?", frage ich leise nach und streiche mit einer Hand über seine verborgenen Flügel.
Ich kann nicht nur ihre Hitze spüren. Manchmal pulsieren sie richtig unter meinen Fingern, als wollten sie sich ausbreiten, damit er fliegen kann.
„Ganz sicher.", nickt er, nach einigen Sekunden, in denen er nur die Berührung genossen zu haben scheint.
Manchmal habe ich das Gefühl, dass dies alles nur ein komischer Traum ist, dass es nicht real sein kann. Que zieht mich dichter an sich, als hätte er diese Gedanken gehört. Das ist manchmal schon komisch.

Einige der Leute starren uns seltsam an und ich habe sogar ein Kind fragen gehört, was das mit Que und mir ist. Es kümmert mich nicht sonderlich, solange er dabei ist und uns keiner direkt an macht. Jetzt interessiert mich aber eher der Süßkram vor dem wir stehen. Ich liebe Süßigkeiten und dass ich nicht wie verrückt zunehme grenzt an ein Wunder. Maja hält sich immer etwas zurück, weil sie sonst Probleme damit hat. Que fragt die Verkäuferin gerade nach welcher Methode die Zuckerwatte hergestellt worden ist. Ich verstehe gar nicht was sie ihm antwortet. So wie es aussieht ist es nicht für Drachen geeignet, jedenfalls entscheidet sich mein Drache nach weiterer Fragerei über Zuckerarten für eine Tüte mit Popcorn. Ich nehme Zuckerwatte. Das Zeug ist zwar klebrig, aber ich liebe es trotzdem. Bevor ich meine Geldbörse ziehen kann hat Que für uns beide bezahlt.
„Ich kriege selber Taschengeld.", murre ich.
Er lacht und sagt: „Es gibt Leute, die würden sich über eine Einladung freuen." Ich schnaube. „Ich glaube übers Schnauben hatten wir schon mal gesprochen." Er hat tatsächlich den Nerv darüber zu lachen. Ich funkele ihn an. „Hör mal, Tom." Que zieht mich trotz meiner Laune wieder an seinen Körper. „Ich lade dich gerne ein, Süßer, aber ich hol nur Kleinigkeiten. Ist das für dich okay? Ich stelle dir schon kein Auto vor die Tür, sobald du den Führerschein hast."
Marius lacht, was ich gar nicht toll finde. Ich nicke. Das Thema müssen wir hier nun wirklich nicht näher ausführen. Ich werde es ein anderes Mal anschneiden.
„Den wird er mit einem persönlichen, fliegenden Drachen wohl kaum brauchen.", kommt es von Anna und ich habe ein flaues Gefühl im Magen.
Fliegen kann ich mir so überhaupt nicht vorstellen. Ich habe ja schon Angst auf die oberste Stufe einer Leiter zu steigen. Da musste ich mich ja ausgerechnet in einen Drachen verknallen. Ob er akzeptieren kann, dass ich niemals mit ihm fliegen werde? Ich widme mich meiner Zuckerwatte, anstatt über Dinge zu grübeln, die noch nicht sind. Er verwandelt sich ja noch nicht mal.

„Hey,", rufe ich aus, als Que einfach ein Stück von meiner Zuckerwatte abreißt und sich in den Mund schiebt. Er grinst mit einem Rest Zuckerwatte an den Lippen und hält mir seine Tüte mit Popcorn hin. Anstatt etwas davon zu nehmen strecke ich mich etwas und lecke ihm den Rest Zuckerwatte von den Lippen. „Meins."
Mit Haut, Haar, Flügel und Schuppen., höre ich Ques Samtstimme in meinem Kopf klingen und spüre wie meine Wangen heiß werden. Mein Drache grinst mich mit seinem typischen, arroganten Grinsen an.

Wir schlendern weiter über die Kirmes und sehen uns um. Im Spiegelkabinett ist Que eindeutig langweilig. Die Spiegel können seine Drachenaugen nicht so sehr täuschen wie uns. Als wir anderen es auch endlich geschafft haben herauszufinden – wir hatten uns getrennt, um hindurch zu gehen – hat Que fast die gesamte Tüte Popcorn alleine aufgegessen und sie war noch fast voll, als wir das Spiegelkabinett betreten haben. Ich bin der Dritte von uns, der herausfindet. Anna hat es als zweite nach Que geschafft. Marius kommt kurz nach mir heraus. Maja und Alex brauchen bedeutend länger, kommen dafür aber fast zeitgleich heraus. Als nächstes gegen wir auf die Geisterbahn zu. Sie ist nur zwei Attraktionen weiter. Ich mag diese künstliche Gruselei.
„Feuer?", fragt Que in der Höllenkammer amüsiert. „Drachenraum pur."
„Spinner."
„Das hatten wir schon.", lacht er.
Unser Wagen fährt weiter. Ich höre Anna im Wagen hinter uns schreien und Marius' Lachen. Na das gibt aber bestimmt Ärger bei den Beiden. Vor uns klappert ein Skelett. Plötzlich ist da ein Knurren direkt an einem Ohr. Ich zucke zusammen und Que lacht. Ich schlage nach seinem Körper.
„Idiot!", fahre ich ihn an und ignoriere ihn die restliche Fahrt über. Sobald der Wagen stoppt steige ich aus und gehe davon. Vielleicht wirke ich kindisch, aber er hat mir einen riesigen Schrecken eingejagt.
„Tom, warte!", ruft er mir nach. Ich gehe stur weiter. „Deine Freunde sind noch nicht fertig."

Der letzte Satz bringt mich dazu stehen zu bleiben, aber ich wehre Ques Hände ab, die nach mir greifen.
„Lass mich.", fauche ich ihn an.
„Es tut mir leid.", versucht er es.
„Dann komm mir nicht zu nah.", fahre ich ihn an und er macht tatsächlich einen Schritt zurück.
Seine Schultern sacken ein und er wirkt verletzlich, wie ich ihn noch nie erlebt habe. Ich schüttele den Kopf. So einfach mache ich es ihm nicht. Auch bei Marius und Anna scheint es nicht so gut zu laufen, als meine Freunde zu uns stoßen. Um mich abzulenken fange ich an mit Marius zu quatschen. Immerhin waren wir beide in letzter Zeit eher mit anderen Dingen beschäftigt.

Wir fahren mehrere Runden mit dem Breakdancer, wie wir es sonst auch gemacht haben. Alex und Maja schließen sich uns dabei an, wobei Alex nach zwei Runden schwanken aussteigt. Zwischenzeitlich erhasche ich einen Blick auf Que und Anna, die sich offenbar gut unterhalten. Schließlich steigen auch wir drei Verbliebenen aus.
„Also, du könntest das echt nicht genießen?", fragt Marius' Freundin meinen Drachen gerade, als wir dazu kommen, ungläubig.
Que schüttelt den Kopf und sagt arrogant: „Auf dem Rücken eines Lung zu fliegen verdirbt alle Maßstäbe."
„Das müsste man ausprobieren."
„Blöd nur, dass ich dich nicht auf meinem Rücken mitfliegen lassen würde und ich bin der einzige Lung in der Stadt.", teilt er stolz mit, aber irgendwo unter diesem stolzen Ton kann ich ganz leicht die Verbitterung heraushören.
Die einzigen anderen Lung in dieser Stadt waren seine Familie gewesen und sie hatte er verloren. Ich ertappe mich dabei wie ich zu Que gehen will, aber das verbiete ich mir selbst. Wäre ja noch schöner. Etwas Stolz habe ich auch.
„Ich hab jetzt richtig Hunger.", teilt Maja uns mit und sieht grinsend zwischen Que und mir hin und her. „Und zwar nicht auf Süßkram."

„Ehrlich, wie könnt ihr nach den 10 Fahrten noch Hunger haben?", fragt Anna uns.
„Je wilder ein Drache geflogen ist, desto mehr Hunger hat er danach.", sagt Que locker. „Könnte hier ja ähnlich sein."
„Ist doch egal. Gehen wir essen."

„Sechs Bratwürste?", fragt Alex Que mit großen Augen.
„Ich verwandele mich in ein Wesen, das doppelt so groß ist, wie du. Die Verwandlung erfordert Energie und selbige braucht man auch zum Fliegen.", schnaubt mein Drache.
„Selbige? Musst du SO reden?", will Marius wissen.
„Du redest mit jemandem, dessen Vater den Höhepunkt des chinesischen Kaiserreiches miterlebt hat.", grummelt Que. „Can hat es mal so ausgedrückt: Bei manchen Leuten kann man sagen, sie hätten auf einem Geschichtsbuch geschlafen. Wir wurden von welchen erzogen."
Seit dem Tag der Beerdigung fällt es ihm leichter über seine Familie zu sprechen. Manchmal zumindest.
„Das ist anstrengend.", meint Anna.
„Kommt auf die Sichtweise an.", schnaubt Que.
Wir Essen und zumindest gesprächsmäßig ist es ruhig. Gefräßige Stille, oder so! Wobei hier natürlich noch aus allen Richtungen Musik zu hören ist.

„Ich würde gerne noch aufs Riesenrad.", meint Anna plötzlich und meine Freunde tauschen vielsagende Blicke, während sich ein mulmiges Gefühl in meinem Inneren ausbreitet. „Stimmt etwas nicht?"
„Tom wird nicht mitkommen.", eröffnet Marius und ich könnte ihm gerade eine rein hauen.
Ques Blick ist durchdringend auf mich gerichtet. Ich muss an seine Flügel denken und daran, dass er fliegen kann. Ich sehe zur Seite.
„Höhenangst.", fügt Maja hinzu.

Mein Magen krampft sich zusammen. Warme, etwas zu warme, Hände legen sich auf meine Schultern. Atem streift meine Haut und alles in mir kribbelt.
„Wenn du hier unten bleibst, dann bleibe ich auch.", flüstert Que mir ins Ohr und mein Ärger verraucht augenblicklich. Ich lehne mich zurück an seine Brust. „Aber ich wäre auch da, wenn du es versuchen willst."
Ich schlucke. Ich kann mir das gar nicht vorstellen. Ich schüttele den Kopf. Er zieht mich an der Hüfte zu sich und umschlingt mich. Mir wird richtig heiß bei so viel Kontakt.
„Dann bleibt ihr zwei hier unten und wir fahren Riesenrad.", entscheidet Alex.
„Lasst Anna und Marius eine Kabine für sich. Soll sehr romantisch sein.", bemerkt Que.
Ich drehe den Kopf und sehe zu ihm hoch. Er sieht gerade nicht mich an, sondern zum Riesenrad. Meine Freunde sind bereits dorthin unterwegs. Ques Hände streichen über meine Seiten. Nach jetzt bin ich mir sicher, dass er auch akzeptieren wird, dass ich nicht mit ihm fliegen werde, auch wenn er es sich wünscht. Seine heißen, rissigen Lippen streichen über meinen Hals. Das heiße, kribbelnde Gefühl brennt sich in mich hinein. Ich spüre seinen kraftvollen Körper an meinem. Groß und stark!
„Du würdest mich niemals fallen lassen, oder?", frage ich und erschrecke mich vor meinen eigenen Gedanken.
„Nicht Mal, wenn Ewigkeiten vergehen.", seine Worte dringen in mich ein, tief und sicher.
Plötzlich ist das flaue Gefühl in meinem Inneren verschwunden. Ich kenne ihn noch nicht besonders gut, aber tief in mir ist ein Vertrauen in ihn verwurzelt, das ich nicht erklären kann. Mein Herz pocht heftig.
„Lass es uns versuchen.", flüstere ich, bevor ich mir richtig darüber im klaren bin, was ich eigentlich tue.

Ich stehe neben Que vor der Kabine und ich spüre die Angst wieder durch mich hindurch kriechen. Ich bin kurz davor umzudrehen und nicht einzusteigen. Er greift nach meinem Kinn und dreht meinen Kopf zu sich. Unsere Blicke treffen sich und es wird wieder besser. Bevor ich es richtig begreifen kann, hat er mich auch schon in die Kabine gezogen und die Tür hinter uns geschlossen. Wir sind nur zu zweit in dieser Gondel. Ich schlucke und mein Magen rumort, als sich das Riesenrad in Bewegung setzt. Wie bin ich auf die verrückte Idee gekommen das zu tun? Que greift nach meinen Händen und seine Wärme erinnert mich daran, was es war. Ein Gefühl absoluter Sicherheit, das ich nur bei Que habe. Er zieht mich zu sich heran und ich lege meine Arme automatisch um seinen Körper. Meine Hände liegen auf seinen heißen Flügeln. Es fühlt sich anders an als sonst. Sie pulsieren unter meinen Fingern, als hätten sie einen eigenen Herzschlag. Das hier macht irgendetwas mit ihm. Mein Drache zieht mich eng an sich und ich fühle mich gut. Erstaunlich gut, für die Situation, in der wir uns befinden.

Unerwartet steht Que auf. Mein Herz stolpert und mein Magen zieht sich zusammen. Er soll mich nicht alleine lassen. Das ist eigentlich Schwachsinn, denn aus dieser Gondel kommt man ja nicht während der Fahrt raus. Ich erhasche nur einen kurzen Blick aus der Kabine heraus und kralle mich sofort in den Sitz.
„Ruhig.", sagt Que und zieht mich zu sich.
Er umschlingt mich von hinten, so dass ich mit meinem Rücken an seiner Brust lehne. Es geht mir sofort wieder besser. Von meinem Drachen geht eine solche Sicherheit aus, dass ich einfach keine Angst fühlen kann.
„Que.", seufze ich mit geschlossenen Augen.
Sein Atem verursacht mir eine heftige Gänsehaut, als er fordert: „Mach die Augen auf."
Ich tue was er sagt. Wow! So habe ich die Welt noch nie gesehen. Ich habe mich nie getraut. Alles unter uns wirkt so klein, wie eine Spielzeugstadt. Ich bin erstaunt wie wenig Angst ich spüre. Ich habe ein leicht flaues Gefühl in mir, aber Ques Nähe, seine Wärme, drängt

alles fast vollständig zurück. Ich fühle mich ungewohnt wohl in dieser Situation.

„Ich fasse es immer noch nicht. Du hast es echt gemacht.", meint Marius immer noch ungläubig, als wir bei seinem Vater im Auto sitzen. Maja und Alex sind mit dem Bus gefahren. Marius' Vater bringt Que und mich nachhause. Bei uns fährt zu dieser Zeit kein Bus mehr. Ich sehe bei den Worten meines besten Freundes zu meinem Drachen.
„Ich hab ihn gehalten.", sagt Que ohne mit der Wimper zu zucken und ich schnappe nach Luft.
„Das ist so süß.", kommt es von Anna.
„Und du hältst Maja für ein Plappermaul.", halte ich meinem Drachen vor.
Er sieht mich intensiv an, ohne mich zu berühren und trifft genau mein Inneres. Seine Stimme ist ernst: „Stell dir einfach vor: Ich stehe drauf, wie sehr du mir vertraust."
Mein ganzer Körper kribbelt und summt.
„Morgen Karaoke?", wechselt Marius das Thema und sieht auf sein Smartphone. „Da wäre noch ein zwei Stunden Fenster offen."
Ich sehe zu Que, der mich fragend ansieht.
„Okay.", sage ich.
Marius bucht und ruft dann bei Maja und Alex an. Die beiden Stimmen zu, dabei kann keiner von ihnen wirklich gut singen. Trotzdem macht das immer wieder Spaß. Wir machen das immer wieder Mal. Einfach so zwischendurch.

Als wir aus dem Auto steigen schlägt uns Musik entgegen. Ich seufze. Marius grinst. Que zieht spöttisch eine Augenbraue hoch. Na das wird ja noch was. Meine Eltern wieder. Das Geräusch des Motors übertönt die Musik kurz, als der Wagen davon fährt. Schlager! Wir gehen auf die Tür zu und ich schließe auf. Mein genervter Blick richtet sich auf meinen Drachen. Ich bin nervös. Er lacht jedoch und greift nach meiner Hand. Er wirbelt mich herum.
„Hast du was gegen tanzen, Tom?", frage er frech.

Ich schüttele den Kopf und lächele tatsächlich. Er zieht mich näher zu sich und wir drehen uns ihm Takt der Musik. Die Welt dreht sich komplett um mich. Ich habe das Gefühl alles steht Kopf. Que wirbelt mich weiter im Takt der Musik herum. Für einige Sekunden vergesse ich alles andere. Ich kann nicht anders als zu lachen. Das macht irren Spaß. Dann ist da Ques Arm um meine Hüfte und er zieht mich zur Tür. Seine Schokoaugen funkeln mich so warm an, dass mir noch schwindeliger wird. Ich fühle mich total wirr und gleichzeitig so glücklich. Que schiebt mich ins Haus. Die Musik wird noch lauter und mir ist das plötzlich wieder irgendwie peinlich. Bevor ich weiter darüber nachdenken kann, kickt Que die Tür zu und wirbelt mich gleich wieder herum. Ich muss unwillkürlich wieder lachen. Ich fühle mich ihm in diesem Moment so verdammt nah. Ich höre meine Eltern im Wohnzimmer tanzen und mitsingen. Diese Feststellung vermischt sich mit den Eindrücken, die Que in mir auslöst. Die ganze Welt ist aus den Fugen geraten. Im Türrahmen vom Wohnzimmer komme ich langsam wieder zu mir. Die Welt rückt nach. So habe ich mich vorher noch nie gefühlt. Bei Marius nicht und bei Eric schon gar nicht. Zum ersten Mal seit langem muss ich darüber lachen, wie meine Eltern beim Schlager mitsingen und dazu tanzen. Das ist wirklich lange her. Die Jugendlichen unserer Straße finden das alles nicht so toll und haben sich oft darüber lustig gemacht. Das ist auch der Grund warum ich mich nicht mit den Jugendlichen hier aus der Umgebung angefreundet habe. Ich wollte mir deren dumme Sprüche nicht antun. Ich sehe vorsichtig zu Que. Er lehnt lässig am Türrahmen und grinst spöttisch, aber ich habe nicht das Gefühl, dass er sich über mich lustig machen wird. Egal wie arrogant er ist, das ist nicht seine Art. Ich könnte nicht mal sagen, warum ich mir da so sicher bin.

16. Quetzal – Das Raubtier in mir

Ich liege mit Tom im Bett. Ich glaube er hat gar nicht bemerkt, dass mein Körper sich wärmer anfühlt als sonst. Jeder ausgewachsene Drache würde sich bei dieser Temperatur bereits verwandeln. Ich habe es schon morgens bemerkt und nach unserer Rückkehr habe ich nach einer ausgiebigen Dusche einen Blick in den Spiegel geworfen. Meine Augen sahen normal aus, also dauert es noch etwas bis ich mich verwandeln werde. Ich sehe auf meinen Geliebten hinab. Etwas in mir regt sich und grollt. Es hält mich wach. Ein leises, verlangendes Knurren steigt aus meiner Kehle auf. Der sich regende Drache in mir, das Raubtier in meiner Seele, will ihn genau so sehr wie ich ihn immer will. Ich bin froh, dass Tom schläft. Wir haben nie tiefer gehend über mein Raubtier gesprochen und was es bedeutet. Wenn ich ihn jetzt ansehe, mit dem unruhigen Drachen in meinem Inneren, könnte ihn das durchaus verschrecken. Etwas, das ich nicht will. Ich drücke Tom an mich, während ein weiteres tiefes Knurren in meiner Brust vibriert. Ich vergrabe mein Gesicht in seinem Nacken und atme seinen süßen, lockenden Duft ein. Mir schießt die Gier nach ihm direkt ins Blut. Ich muss mich wirklich beherrschen, um ihn nicht zu wecken und zu verführen. Verärgertes Feuer rauscht durch jede meiner Adern. Mein Knurren erstickt an seiner Haut. Ich bleibe so liegen. Ich habe es ihm versprochen. Mein Blut kocht, das Raubtier in mir tobt und ich kämpfe gegen den Instinkt und das Verlangen an.

Ich habe nicht eine Sekunde geschlafen. Ich konnte nicht schlafen. Ich kämpfe noch immer mit mir selbst. Tom brummt im Schlaf. Richtig süß. Mein Puls schießt hoch, als er sich träumend bewegt. Ich muss mich abkühlen. Vorsichtig löse ich mich aus seinen Armen und steige aus dem Bett. Ich kann nicht verhindern, dass sein Duft mich wieder zu ihm zieht. Ich hauche ihm einen Kuss auf die Wange und reiße mich los. Mein innerer Drache grollt und ich hasse mich gerade selbst. Ich gehe ins Bad und stelle mich unter die Dusche. Kaltes Wasser prasselt auf mich hinab. Es hilft nicht wirklich. Mein Blut kocht vor Unruhe. „Que?", höre ich es schließlich durch das Rauschen des Wassers und Toms Stimme macht es mir wirklich nicht leichter.
Ich drehe das Wasser ab und bewege mich etwas, um mich zu entspannen. Auch das hilft nicht wirklich. Dennoch steige ich aus der

Dusche und trete ans Waschbecken. Meine Augen sehen immer noch normal aus. Lediglich etwas unruhig.
„Komm ruhig rein.", sage ich locker.
Ich denke nicht weiter darüber nach. Nacktheit ist für Drachen nicht wirklich ein Thema. Immerhin verwandelt sich Kleidung nicht mit. Es wird mir erst richtig bewusst, als ich sehe, wie sich Toms Wangen röten. Dennoch mustert er mich und ich grinse ihn an. Seine Augen sind groß und er macht einen Schritt zurück. Ich bin schneller und ziehe ihn an meinen noch immer nassen Körper. Er erstarrt in meinen Armen. Dann stößt er hörbar die Luft aus und lehnt seinen Kopf gegen meine Schulter. Alles in mir vibriert und rumort. Ich will Tom in mein Zimmer zerren, aufs Bett werfen und ihn vollständig in Besitz nehmen. Mein Puls rast. Ich muss mich losreißen, um es nicht wirklich zu tun. Ich greife nach dem Handtuch und schlinge es um mich.
„Que, alles okay?"
„Ja, geh duschen, Süßer.", nicke ich und grinse dann selbstbewusst.
„Oder hat dich mein göttlicher Körper so aus der Fassung gebracht?"
Ich verlasse das Bad, noch ehe er antworten kann.

„Was hast du gedacht, als du mich so im Bad gesehen hast?", frage ich Tom, eher um mich abzulenken, als aus ehrlichem Interesse.
Mein Geliebter beißt sich auf die Unterlippe und alles in mir rumort.
„Super heiß.", murmelt er.
„Super heiß?", frage ich mit einem arroganten Grinsen.
Sein Blick wandert über meinen Körper, obwohl ich inzwischen Hose und Shirt trage. Na ja, beides liegt ziemlich eng an.
„Lass mich kurz überlegen.", schmunzelt Tom. „Durchtrainiert, gut ausgestattet, Sixpack, ein perfektes Gesicht. Eindeutig super heiß."
Ich drücke ihn gegen die Wand, vor der er steht. Ein Knurren entsteigt meiner Kehle.
„Wenn du nicht willst, dass ich einfach über dich herfalle, solltest du mich nicht so anmachen.", mache ich ihn in dunklem Ton aufmerksam.
„Da habe ich noch ein Wörtchen mit zu reden.", brummt er und schiebt mich von sich.

Alles in mir brodelt und rumort. Ich presse die Lippen fest zusammen und mein Knurren klingt erstickt. Ich ziehe Tom an meinen Körper und gebe mein Bestes, um mich zu entspannen. Es funktioniert nicht ganz.

Alles in mir rebelliert dagegen an diesem Abend weg zu gehen. Ich will Tom ficken und nicht mit seinen Freunden beim Karaoke abhängen. Ich bin verdammt. Entgegen allem was ich will gehe ich dennoch dahin. Wir treten durch die Tür und ich unterdrücke ein Knurren, als Tom sich aus meinem Arm löst. Mein Blut brodelt wieder. Das Raubtier in mir will ihn mehr, als alles andere und ich frage mich, wie lange ich mich noch zurück halten kann. Ich lasse mich auf einem Barhocker nieder und bestelle ein Wasser. Die anderen kennen sich hier offenbar bestens aus. Sie müssen öfter hier sein. Die Versuche bekannte Musiker nachzumachen bringen uns andere richtig zum lachen, besonders bei eher komödiantischen Liedern.
„Que, jetzt du.", verlangt Maja grinsend. „Ich glaube ich habe noch nie einen Drachen singen gehört."
Ich sehe zu Tom und gehe dann zu dem Mann, der die Tonspuren abspielt. Ich wechsele einige Worte mit ihm und reiche ihm dann seufzend mein Handy, damit er eine ganz bestimmte Melodie abspielt. Mein Herz klopft wie verrückt, obwohl ich genau weiß, dass niemand den Liedtext verstehen wird. Es reicht, dass ich die Bedeutung kenne. Die ersten Töne werden angespielt und ich greife nach dem Mikrofon. Jetzt nur keine Hustenattacke kriegen. Meine Stimme klingt ganz anders als sonst, als ich anfange zu singen. Die anderen starren mich an, aber ich konzentriere mich nur auf Tom. Alles andere würde mich irre machen. Der Drache in mir dreht und windet sich. Ich kann das Verlangen bis tief in meine Knochen spüren. Ich beende das Lied mit einem tief Knurren und hole mein Handy wieder ab. Die anderen starren mich sprachlos an. Toms Augen funkeln und ich grinse in Erinnerung an seine Worte einige Stunden zuvor.

Tom ist gut. Nicht perfekt, aber das ist egal. Ich starre ihn unumwunden an, während er singt. Mein Herz pocht so heftig, dass

mir das Blut in den Ohren rauscht. Mein Blut brodelt und das Raubtier in mir grollt und windet sich. Plötzlich gerät mein Geliebter ins Stocken und verstummt dann. Er sieht mich entsetzt an. So viel zum Thema zusammen reißen und Rindvieh statt Drache. Marius schlägt mir gegen die Schulter,
„Was ist eigentlich dein Problem?", brüllt er mich an. „Ich dachte du magst Tom und jetzt das."
„Tue ich.", sage ich ernst und weiß, dass es sehr viel mehr ist.
„Du sahst gerade eher böse aus, als wolltest du ihn zerreißen und auffressen.", stößt Maja wütend aus.
„Nur zur Erinnerung: Ich bin kein Mensch." Diese Situation gefällt mir überhaupt nicht. „Ich bin ein Drache." Ich sehe zu Tom und schicke ihm meine Gedanken: *Wir hatten schon mal über das Raubtier in mir gesprochen.*
Ich stehe auf und gehe auf die Tür zu.
„Que!", ruft Tom nach mir. Ich drehe mich um. Er sieht zu seinen Freunden und dann auffordernd zu mir. Oh. Ich verstehe. *Das war ein Raubtierblick?*, höre ich seine Gedanken.
So sieht ein Raubtier seine Beute an., erkläre ich unruhig. *Ich begehre dich mehr als alles andere auf der Welt, Tom.*
Beute frisst man., meint er.
Ich muss grinsen und übermittele ihm: *Schon mal den Spruch gehört: Ich hab dich zum fressen gerne?* Er nickt. *Tja, ich würde dich gerne verschlingen, um dich zu einem Teil von mir zu machen.*
Tom steckt das Mikrofon zurück und kommt auf mich zu. Alles in mir rumort. Mein Drache tobt. Er küsst mich, ohne auf seine Freunde zu achten. Sein Kuss ist weich. Ich küsse ihn wilder zurück, drehe uns, drücke ihn gegen die Tür vor der ich stehe und brenne meinen Kuss tief in ihn hinein. Alles außer ihm ist egal.
„Was soll das jetzt?", fragt Marius, als wir uns lösen müssen, um Luft zu holen.
Ich knurre und er hat Glück, dass Toms Arme um mich geschlungen sind.

„Es ist alles gut." Die Finger meines Geliebten streichen über meine glühenden Flügel und ich knurre dunkler, vor verlangen. „Ich weiß was passiert ist, Leute."
„Wir verschwinden.", knurre ich und sehe in Toms Augen.
Er nickt.
„Wir reden ein anderes Mal.", sagt er zu seinen Freunden, als ich ihn bereits aus der Tür ziehe.

Wir kommen nicht besonders weit, da dränge ich ihn bereits gegen eine Hauswand und küsse ihn wild. Alles in mir brennt und grollt. Ich will ihn so sehr.
„Ich will dich ficken.", knurre ich ihm ins Ohr.
„Ja.", haucht er benebelt.
Ich schnappe nach Luft. Oh, verdammt. Es ist noch viel zu weit bis zu ihm nachhause. Das halte ich nicht aus.

17. Tom – Ein Teil von ihm, ein Teil von mir!

Ich lasse mich einfach von Que mitziehen. Die kühle Nachtluft macht meine Gedanken wieder etwas klarer. Ich werde nervös. Will ich jetzt wirklich schon Sex mit ihm. Er sieht mich wieder mit diesem Blick an. Seine Augen sind dunkel, seine perfekt schönen Gesichtszüge böse verzerrt und er hat die Lippen geöffnet, als wollte er nach etwas schnappen. Zuerst hat es mich erschreckt, aber jetzt weiß ich was es bedeutet. Es ist immer noch komisch und ungewohnt, aber ich fürchte mich nicht mehr. Que zieht mich weiter, aber er steuert nicht Zuhause an. Stattdessen betreten wir nach kurzem die Lobby eines kleinen Hotels.
„Eine Nacht.", stößt Que aus, als er vor der Rezeption stehen bleibt. Ich höre die Ungeduld aus seiner Stimme heraus. Ich werde noch nervöser.
„So ein Hotel sind wir nicht.", meint der Rezeptionist abweisend.

Mein Drache knurrt. Dann holt er seine Brieftasche aus seiner Hose und knallt mehrere Scheine auf den Tisch. Dafür müsste ich echt lange mein Taschengeld sparen.
„Dann buche ich ein Doppelzimmer für das ganze Wochenende.", sagt er grimmig zu dem Mann hinter dem Tresen.
Kurz danach hat er eine Schlüsselkarte in der Hand und zieht mich wieder mit sich. Oh man! So kenne ich ihn noch gar nicht.
„Du sollst nicht so viel Geld ausgeben.", meine ich auf dem Korridor, in dem sich auch unser Zimmer befindet.
Ich finde mich ruckartig mit dem Rücken an die Wand gepresst wieder. Sein Raubtierblick bohrt sich in mich hinein. Ich spüre seinen Körper eng an meinen gedrückt und kann nicht verhindern, dass ich auf ihn reagiere.
„Halt die Klappe und genieße einfach, was ich heute mit dir machen werde.", knurrt er und küsst mich auf diese heiße Art, wie es nur ein Drache kann.
Würziger Rauch in seinem Mund. Mein ganzer Körper steht in Flammen, als er mich ins Zimmer schiebt und die Tür ins Schloss fällt. Er stößt mich heftig auf das Bett. Ich keuche. Diese Art an ihm macht mich richtig an. Que setzt sich auf meine Hüfte und meine Atmung setzt kurz aus. Fast grob greift er nach einem Shirt und zieht es mir mit einem Ruck über den Kopf aus. Seine Lippen brennen sich gierig auf meine. Viel zu schnell löst er diesen Kuss. Flammenherde entbrennen auf meiner Haut, als seine Lippen und Zähne über meine Wange und dann meinen Hals hinunter wandern. Er beißt leicht in meine Schulter. Schmerz und Erregung zusammen. Ich spüre seine Hände meinen fest Hintern massieren. Er hat sie hinten in meine Hose geschoben. Seine Lippen saugen an einer meiner Brustwarzen. Sie ist hart und heiße Wellen durchfluten mich bei allem was er gerade tut. Seine Hände wandern nach vorne und er öffnet meine Hose. Er zieht sie bis zu meinen Knöcheln hinab und öffnet meine Schuhe, um sie und die Socken auszuziehen. Sie landen mit meiner Hose auf einem Haufen auf dem Boden. Que rutscht wieder höher. Er beißt mich leicht, fast vorsichtig, in die Hüfte. Ich schnappe erregt nach Luft. Seine Zähne

schnappen nach dem Bund meiner Boxershorts und er zieht sie mir auf diese Art aus. Mein Drache steht vor dem Bett und mustert mich mit diesem Raubtierblick. Mein Magen zieht sich aufgeregt zusammen. Das beginnt mich anzumachen. Er leckt sich genüsslich über die Lippen. Mein Herz rast. Que beginnt sich auszuziehen. Ich erkenne, dass er das definitiv nicht zum ersten Mal macht. Hose und Boxershorts zieht er extra langsam aus und verharrt an den interessanten Stellen. Ich kann ihn nur angespannt und mit wachsender Spannung anstarren. Mein Herz droht meinen Brustkorb zu sprengen, als er ganz nackt vor mir steht und sich auf die Unterlippe beißt. Er sieht aus, als würde er sich auf eine ganz besondere Mahlzeit freuen. Mich! Ich will mich aufrichten und ihn berühren, aber er schüttelt den Kopf.

„Bleib liegen.", sein Knurren dringt tief in mich ein und ich rühre mich nicht.

Er setzt sich zurück auf meine Hüften und mir wird glühend heiß, als ich seinen vollkommen nackten Körper auf mir spüren kann. Er beugt sich weiter zu mir hinab. Wir sind wie zwei Magnete, die voneinander angezogen werden. Unsere Körper pressen sich eng aneinander und es ist heiß, fast als wären wir miteinander verschmolzen. Seine Küssen fahren über meinen Hals und malen sich meinen Körper hinab. Ich muss schlucken und ein Gedanke zuckt durch meinen Kopf: „Ich ... also, ich habe keine Kondome."

Que lacht dunkel und es hallt in meinem Körper wieder. Seine Stimme ist ein Gurren: „Ich bin ein Drache. Wir können uns nicht gegenseitig anstecken."

Er gibt mir einen leichten Klaps auf die Hüfte und verschließt mit einem glühend heißen Kuss meine Lippen mit seinen. Ich versuche ruhig zu bleiben, als er wieder an meinem Körper hinunter rutscht. Seine Hände fassen nach meinen Kniekehlen und drückt meine Beine auseinander. Ich liege still da und seine Küsse wandern in meinen Schritt. Ich bin bereits hart und mein Körper bis zum zerreißen gespannt. Sein gieriger Raubtierblick schaut auf meine Mitte hinab.

„Ungeduldig, was?", fragt er mich mit diesem verlangenden Knurren in seiner Stimme.
„Que, ...", setze ich an und verstumme.
Meine Stimme ist nichts weiter als ein kaum zu verstehendes Krächzen. Que kommt wieder zu mir nach oben. Unsere Blick versinken ineinander. Sein Blick ist wie flüssige Lava und ich fühle mich, als würde diese Lava durch meinen ganzen Körper fließen. Langsam bewegt er sich hinab. Seine Hände fahren meine Brust entlang.
„Dein Herz rast.", raunt er mir zu.
Er knabbert erst an der einen, dann an der anderen Brustwarze. Ich werde noch wahnsinnig vor Erregung. Ich streiche vorsichtig mit einer Hand über seinen Kopf, in seine dunklen Locken. Meine andere Hand streift zögerlich über seine brennenden Flügel. Ich fürchte mich davor etwas falsch zu machen. Ich will in unbedingt haben, aber diese Angst bleibt. Seine Zunge fährt über meine Hüfte, wo er mich vorher gebissen hatte. Sein heißer, feuchter Mund senkt sich auf meinen harten Schwanz und ich kann nicht mehr denken. Ich bin nichts weiter als eine zuckende sich windende Maße unter ihm. Dann brennen meine Nervenbahnen regelrecht durch. Ich liege keuchend auf dem Bett. Er sieht mich grinsend von unten herauf an.
„Du bist ja schnell.", gurrt er.
Ich spüre eine ungewohnte Bewegung und nehme erst jetzt wahr, dass etwas in mir ist. Sein Finger bewegt sich in mir. Es ist ungewohnt, aber nicht wirklich unangenehm. Sein Körper schiebt sich an meinem hinauf, während sein Finger nicht aufhört sich zu bewegen. Seine Lippen brennen sich heiß auf meine. Seine zweite Hand schließt sich um meine Männlichkeit. Er massiert mich und mein Schwanz schwillt wieder an. Ich stöhne in seinen Mund, spüre seine Zunge an meiner, seinen Finger in mir, seine starke Hand an meinem Glied, einfach alles von ihm. Von meinem Drachen!
„Que.", quengele ich, als er plötzlich von mir abläßt.
Er stemmt sich über mich und sein Raubtierblick durchdringt mich.
„Ich werde dich jetzt richtig ficken.", kündigt er mir knurrend an.

Ich kann nur nicken. Ich komme kaum zu Atem. Er greift nach meinem Hintern und seine Zähne graben sich erneut in meine Schulter. Que krallt sich dann in meine Hüfte und schiebt seinen Schwanz in mich hinein. Erst ist er noch sanft, dann werden seine Stöße hart und fest. Ich verglühe unter ihm. Wir brennen gemeinsam, entflammen und verschmelzen. Noch nie habe ich eine solche alles verbrennende Hitze gespürt, wie sie uns jetzt überkommt. Wir sind eins! Wir stöhnen zur selben Zeit laut auf und sinken zusammen. Wow! Das war geil.

Wir liegen ineinander verschlungen auf dem riesigen Bett. Eigentlich bräuchten wir nicht einmal die Hälfte des Platzes, so wie wir hier liegen. Es fühlt sich an, als wären wir keine zwei Individuen mehr. Als wäre ich ein Teil von ihm, oder er ein Teil von mir. Wie auch immer! Ich liebe dieses Gefühl. Ich liebe ihn! Der Gedanke erschreckt mich und ich wage es nicht ihn auszusprechen, aus Angst alles zwischen uns zu zerstören.
„Alles okay?", frage ich leise und streichele über seine glühenden Flügel.
Er lacht grollend auf. Dieses Lachen vibriert in mir wieder. Es fühlt sich unglaublich an.
„Wenn du wissen willst, ob es gut war, dann kann ich nur sagen: Ich hoffe sehr, dass wir beide es immer wieder wollen.", knurrt er in mein Ohr und alles in mir kribbelt.
„Es war geil.", hauche ich schüchtern. „Hätte ich nicht gedacht."
„Wenn du dachtest, dass dein erstes Mal schlecht wäre, dann entschuldige ich mich dafür, dass ich deine Erwartungen enttäuscht habe.", sagt Que spöttisch.
Ich muss lachen. Es gab noch nie eine Situation, in der ich mich so wahnsinnig glücklich gefühlt habe.

Als ich aufwache bin ich alleine im Bett. Es gefällt mir nicht. Ich taste um mich. Das Bett ist noch aufgewärmt von Ques Körper.
„Ja, danke.", höre ich seine Stimme.

Brummend öffne ich meine Augen. Mein Drache steht nackt im Zimmer und telefoniert. Mein Blick streift seinen Körper. Er sieht aus wie die Statue eines Gottes. Ich hätte früher nie gedacht, dass es jemanden mit so einem geilen Körper überhaupt gäbe. Que verabschiedet sich und legt auf.
„Hey.", sage ich, als sein Blick auf mich fällt.
Ich kann einfach immer noch nicht glauben, dass er ausgerechnet mich will. Ich bin eher klein und zierlich. Ich verstehe es nicht, aber sein Raubtierblick gilt mir. Er kommt mit selbstbewussten Schritten auf das Bett zu. Natürlich weiß er genau wie er wirkt. Er streckt die Hand aus und zieht mir die Decke weg. Für einen kurzen Moment ist mir kalt, aber dann wird mir schon von Ques Blick warm. Sein heißer Körper, der sich an meinen schmiegt vertreibt dann auch den letzten Rest an Kälte. Seine Hände streifen über meinen Körper. Seine Küsse brennen sich in mich. Er biegt meinen Körper unter sich, so wie er mich braucht. Ich brenne und lodere auf. Wir verschmelzen und werden eins. Das soll niemals aufhören. Anschließend kuscheln wir uns zusammen.

„Müssen wir nicht langsam los?", frage ich schließlich widerwillig.
Que drückt mich an sich und seine Atem an meinem Ohr beschert mir Gänsehaut: „Das Zimmer ist noch bis morgen früh gebucht. Deine Mutter bringt uns unsere Schulsachen morgen mit."
„Oh, wann ..."
„Ich habe eben mit ihr telefoniert."
Deshalb hat er also telefoniert. Ich drücke mich enger an ihn und murmele: „Gut gemacht, mein Drache."
„Für dich doch immer.", gurrt er in mein Ohr und mein Herz rast.

18. Quetzal – Deiner! Meiner!

Ich schirme Tom soweit es geht von den Obst- und Gemüseattacken ab. Dennoch bekommt er etwas ab. Mein Raubtier grollt vor Wut in meinem Inneren. Ich konzentriere mich auf meinen Geliebten, um

nicht auszurasten. Seine Freunde stehen uns plötzlich gegenüber und versperren uns den Weg. Ich unterdrücke ein Knurren.
„Könntet ihr uns jetzt vielleicht mal erklären, was das Samstag war?", fragt Marius argwöhnisch und fügt direkt an Tom gewandt hinzu. „Und warum bist du den Rest des Wochenendes nicht ans Telefon gegangen?"
Ich kann nicht verhindern zweideutig zu grinsen und in anzüglichem Ton zu sagen: „Was könnte wohl der Grund dafür sein? Vielleicht, dass wir ungestört sein wollten."
Tom stößt mir seinen Ellbogen in die Seite.
„Que!", sagt er fast entsetzt. Ich muss einfach lachen. „Idiot!"
„Deiner!", flüstere ich für alle anderen unhörbar und merke wie sich mein Geliebter wieder entspannt.
„Was hat es mit dieser Sache am Samstag auf sich?", fragt Maja jetzt drängend.
„In der Pause.", sagt Tom, was auch gut so ist, denn es klingelt bereits.

Wir haben uns trotz des schlechten Wetters in den Schulgarten begeben. Dort ist jetzt wenigstens keiner, der uns zuhören könnte. Ich sitze auf dem Ast eines Baumes. Alles andere ist feucht. Ich ziehe Tom zu mir hoch und an meine Brust.
„Du bist wieder ein ganzes Stück über dem Boden.", gurre ich in sein Ohr.
Er sieht mich wieder mit diesem Blick an, den ich schon von Samstag kenne. Ich kann es einordnen. Die Aufforderung darin erkennen.
Bei dir bin ich sicher., lese ich seine Gedanken und drücke ihn etwas fester an mich.
„Könnt ihr aufhören zu turteln und uns diese Sache endlich erklären.", fordert Marius nun.
Es sind deine Freunde. Mach du., entscheide ich.
Tom seufzt. Dann rutscht er etwas herum, um zu ihnen sehen zu können. Ich beiße die Zähne zusammen. Bei dieser Nähe reagiere ich eindeutig auf ihn.

„Que ist ein Drache." Er lächelt zu mir hinauf, ehe er wieder seine Freunde ansieht. Seine Hand allerdings legt sich auf meine Brust. „Hier drin steckt ein Raubtier. Dieses Raubtier ..."
Er stockt und ich muss lachen. Sein Blick ist vorwurfsvoll und ich beschließe es nicht zu übertreiben.
„Das Raubtier in mir begehrt Tom. Das was ihr gesehen habt. Mein Blick. Das war genau das was ich gerade gesagt habe. So sieht ein Drache nun mal aus, wenn er jemanden begehrt. So wie ich Tom.", erkläre ich und streichele über Toms Seite. „Ich denke mal, dass dieser Blick dafür verantwortlich sein könnte, dass sich in den Mythen gehalten hat, dass wir Menschen, insbesondere Jungfrauen, fressen."
Seufzend kuschelt Tom sich enger an mich. Ich lege mein Kinn auf seinem Kopf ab und halte ihn stumm fest.
„Das ist schräg.", merkt Alex an.
Ich ziehe eine Augenbraue hoch und erwidere schnaubend: „Das ist wild."
Tom grinst und meint: „Ich hab einen wilden Drachen gebändigt. Das hat was."
Ich drehe den Kopf und grinse ihn überheblich an.
„Drachen bändigt man nicht.", knurre ich und lehne meine Stirn an seine. „Aber eingefangen hast du mich schon."
„Gut.", lächelt er.

„Wir hatten ja bereits über unsere Klassenfahrt gesprochen.", beginnt unsere Klassenlehrerin in der nächsten Stunde. Ich erinnere mich. Ein Skiurlaub im Dezember mit der Klasse. Ein Drache auf Skiern. Das wird noch was. Vor allem da ich Schnee nicht leiden kann. „Ich habe einige besorgte Anfragen erhalten."
„Was meinen sie?", ruft Phillip aus der letzten Reihe einfach dazwischen.
Es muss wichtig sein, wenn unsere Lehrerin ihn nicht maßregelt und stattdessen einfach antwortet: „Einige Eltern sind etwas besorgt, weil ihre Kinder möglicherweise mit einem Drachen in einem Zimmer wohnen müssen." Ich schnaube. Sie ignoriert es. „Ich habe einige

Dinge abgeklärt. Es ist nicht möglich Quetzal ein Einzelzimmer zu geben, aber es besteht die Möglichkeit eines Zweierzimmers. Allerdings muss jemand bereit sein sich ein Zimmer mit ihm zu teilen."
„Das mache ich.", teilt Tom unumwunden mit.
Ich grinse ihn an. Er lächelt. Ist doch eigentlich eine ziemlich gute Regelung für uns. Wir schlafen sowieso in einem Zimmer, sogar in einem Bett. Alleine der Gedanke daran lässt das Raubtier in meinem Inneren grollen und toben. Unwillkürlich lege ich eine Hand auf seinen Oberschenkel und streichele ihn. Er sieht mich mit seinen großen blauen Augen überrascht an. Dann schiebt er meine Hand weg. Ich grinse und tue es wieder, als der Unterricht richtig beginnt.

``Treffen bei LIS.´´, lese ich Auras SMS.
Tolle Nachricht! Was will sie denn jetzt? Ist vielleicht besser, wenn ich hingehe. Ich stecke mein Handy wieder ein.
„Alles okay?", fragt Tom mich.
„Ich muss noch mal weg. Mach was mit deinen Freunden, oder geh schon mal nachhause.", antworte ich.
Er sieht nicht glücklich aus, aber er nickt. Ich seufze, drücke ihm noch einen kurzen Kuss auf die Lippen und mache mich auf den Weg.

Ich betrete die Höhle und die Atmosphäre umschließt mich sofort. Es hat schon seine Gründe, warum immer gesagt wird, dass Drachen in Höhlen leben. Ich habe keine Ahnung warum es so ist, aber ich liebe solche Orte, wie die meisten Drachen. Ich gehe weiter und begrüße die Wachen. Sie kennen mich und deshalb bin ich schnell an ihnen vorbei. Die Ausstattung der inneren Höhlen ist deutlich moderner, als der Eingang und der Wachraum. Dennoch ist die Atmosphäre noch immer deutlich zu spüren. Xaron und Aura sitzen in einer kleineren Höhle auf dem Boden. Ich habe sie schnell gefunden, weil wir uns oft hier getroffen haben. Nur war da immer auch Can dabei. Meine Laune sinkt weiter in den Keller.

„Guck nicht so.", meint Xaron grinsend. „Ob lapislazuligeblitzt, oder nicht, du solltest deine Freunde nicht vernachlässigen."
„Hast du mich deshalb her zitiert?", frage ich Aura und lasse mich auf dem Boden nieder.
Meine beste Freundin spielt mit der Kette um ihren Hals. Wäre sie kein Drache, wäre diese Kette durchaus ein Grund sie zu überfallen, aber welcher Mensch legt sich schon wegen einem Schmuckstück mit einem Drachen an. Zugegeben die Edelsteine sind schön, perfekt geschliffen und wertvoll. Das ich Edelsteine so mag, würde ich ganz sicher nicht zugeben.
„Mal zu schöneren Themen. Dein Mensch.", meint Aura, ohne auf meinen Vorwurf einzugehen.
Damit hat sie mich voll an der Angel. Ich ziehe mein Handy aus der Tasche und rufe den Fotospeicher auf. Ich habe Tom heimlich im Bett geknipst. Ich ziehe das Bild auf den Display und verlinke es direkt mit seiner Nummer, wenn ich gerade dabei bin. Dann halte ich das Bild meinen Freunden hin.
„Ganz süß.", stellt Aura fest.
„Meiner!", knurre ich sie an.
Sie hebt die Hände und sagt: „Du glaubst doch nicht, dass ich jemanden anrühre, der mit einem anderen Drachen lapislazuligeblitzt ist, oder?"
Ich ziehe die Luft ein und erwidere: „Nein, sicher nicht. Entschuldigt, Leute. Mir ist momentan zu warm."
„Kennen wir.", winkt Aura ab.
Ihre Augen sind wieder klarer und ich lehne mich grinsend vor, um zu sagen: „Und? Wie wars?"
„Schmerzhaft und frei.", erwidert sie.
Erste Verwandlung! Ich habe vieles darüber gehört. Der Körper ist nicht an die Veränderung gewöhnt und deshalb ist die erste Verwandlung recht schmerzhaft. Wie genau es ist weiß man natürlich nur, wenn man es erlebt hat. Ich kenne Drachen, die vorher ziemliche Angst davor hatten. Ich gehöre nicht dazu. Ich bin nur aufgeregt deswegen.

„Hallo, mein Engel.", begrüße ich Tom, als ich sein Zimmer betrete.
„Ist alles okay?", fragt er mich skeptisch.
„Warum?", will ich wissen und gehe auf ihn zu.
„So hast du mich noch nie genannt.", murmelt er.
Ich wirbele ihn herum und drücke ihn gegen die Wand neben seinem Schreibtisch, wo er gerade noch gesessen hat. Ich presse mich fest an ihn und erkläre: „Du bist meiner und siehst aus wie ein Engel."
„Spinner.", sagt er mit Zweifel in der Stimme.
„Deiner.", schnurre ich.
Sein Lachen erstirbt erst, als ich ihn küsse.

18. Tom – Herzschmerz

So glücklich wie die letzten Wochen war ich noch nie. Halloween war richtig lustig. Ein Drache, der sich als Vampir verkleidet. Das hat irgendwie was und ist eindeutig besser, als das halbe Dutzend an Leuten, die sich als Drache verkleidet hatten. Das ist jetzt schon einen Monat her. Ich bin glücklich mit ihm. Und dennoch … Manchmal frage ich mich, warum ich Ques Drachenfreunde nie treffe, oder warum er mich immer nur seinen Geliebten und nicht seinen Freund nennt. Darüber denke ich nach, wenn ich alleine bin, aber wenn er bei mir ist, dann ist alles gut und die Welt in Ordnung. Que ist gerade mit seinen Freunden unterwegs. Marius ist mit Anna unterwegs. Alex und Maja wollten noch ihre letzten Sachen für die Klassenfahrt besorgen. So hocke ich also alleine zuhause herum. Mama und Papa sind auch nicht da. Papa arbeitet noch. Mama ist einkaufen. Die Türklingel reißt mich aus meinen Gedanken. Als ich die Tür öffne ist dort niemand. Ich will schon wieder rein gehen, aber da fällt mir ein großer Umschlag auf der Türmatte auffällt. Ich habe ihn auf. Darauf steht mein Name. Ich sehe mich um, aber ich kann niemanden entdecken. Verwirrt gehe ich hinein und setze mich ins Wohnzimmer. Ich drehe den Umschlag hin und her, finde aber keinen Anhaltspunkt wer ihn mir hingelegt haben könnte. Ich reiße ihn auf und hole den Inhalt heraus. Es sind

Fotos und schon nach einem flüchtigen Blick lasse ich sie fallen. Das ist als hätte mir jemand einen Dolch ins Herz gerammt. Ich beuge mich vor. Mir ist schlecht. Von wegen beste Freundin! Kein Wunder, dass er mich seinen Drachenfreunden nicht vorgestellt hat. Das ist eindeutig das Mädchen auf dem Foto in seinem Zimmer. Sie umarmen sich, laufen Arm in Arm durch die Stadt. Er gibt ihr einen Kuss auf die Wange. Sie lachen zusammen. Meine Sicht verschwimmt. Tränen tropfen auf die Fotos. Noch nie hat mir etwas so weh getan.

Ich habe keine Ahnung wie lange ich auf dem Sofa sitze und mich zusammengekauert habe. Ich kann nicht aufhören zu weinen. Es tut so weh. Ich dachte wir hätten etwas besonderes und jetzt das. Ich krame mein Handy hervor.
``Ich brauche dich.´´, schreibe ich Marius eine kurze Nachricht.
``Bin gleich bei dir.´´, das wusste ich.
Mein bester Freund ist immer da, wenn ich ihn brauche und gerade jetzt brauche ich ihn ganz besonders.

Ich würde mich am liebsten im Bett verkriechen und niemals wieder aufstehen, doch Marius hat mich förmlich zur Schule geschleppt. Ich habe Angst davor Que zu begegnen. Meine Freunde sind wütend auf ihn und ich bin froh, dass sie zu mir stehen. Sonst käme ich gar nicht klar.
„Tom, ist alles okay?", höre ich Ques Stimme hinter mir und ich hasse meinen Körper dafür, dass alles in mir kribbelt und surrt. „Du hast dich gar nicht gemeldet."
Ich drehe mich um und mache einen Schritt zurück, weil er auf mich zu kommt. Meine Stimme ist kalt und ich bin erleichtert, dass man den Schmerz nicht heraushört: „Komm mir nicht zu nah, Mistkerl."
„Habe ich irgendetwas getan?", fragt er stirnrunzelnd und ich spüre wie mich seine Heuchelei wütend macht.
„Wenn du das nicht weist, dann bist du noch grauenhafter, als wir dachten.", fährt Marius ihn an, bevor ich meiner Wut Luft machen kann.

„Was verdammt ist hier los?", knurrt Que wütend.
Das ärgert mich und es tut mir weh. Er sollte wenigstens ehrlich zu mir sein. Ich kann die Tränen nur mühsam zurück halten, aber ich gönne es ihm nicht das zu sehen.
„Ich will dich niemals wieder sehen, Quetzal Carupa. Verschwinde aus meinem Leben.", schreie ich ihn an.
Que zuckt zusammen. Seine Stimme ist leise als er sagt: „Tom, bitte. Sag mir ..."
„Lass mich in Ruhe!", brülle ich ihn an und es ist mir gerade egal, dass sich inzwischen etliche andere Schüler zu uns drehen, um zu erfahren was da los ist.
„Dann mach doch was du willst.", schreit Que jetzt zurück.
Er dreht sich ruckartig um und stürmt davon. Ich hasse ihn dafür, was er mir angetan hat und dafür, dass er nicht so leiden wird, wie ich es gerade tue. Ich hätte einen Drachen niemals an mein Herz heranlassen dürfen.

Im Klassenraum sitze ich vollkommen verspannt da. Er wirkt so locker und stolz wie immer, als würde ihn das alles nicht kümmern. Das macht es nicht besser. Ich versuche nach dem Unterricht dafür zu sorgen, dass ich bei der Klassenfahrt in ein anderes Zimmer kommen werden. Es klappt nicht. Nicht einmal als Alex anbietet mit mir das Zimmer zu tauschen. Ich werde diese Woche mit Que in einem Zimmer irgendwie durchhalten müssen. Alles in mir zieht sich bei dem Gedanken zusammen. Bis gestern habe ich mich auf die Klassenfahrt noch gefreut. Jetzt hasse ich diesen Gedanken. Ich will nicht. Ich will gar nichts mehr. Ich kann mich nicht konzentrieren. Zu Pause stürmt Que förmlich aus dem Raum. Es macht den Eindruck, dass er so schnell wie möglich von mir weg will. Widere ich ihn so an, nachdem ich die Wahrheit herausgefunden habe? In der Cafeteria sitze ich nur so da. Ich habe keinerlei Hunger. Alles in mir fühlt sich leer an. Ein großes, schwarzes Loch in meinem Herzen. Ich beteilige mich nicht an den Gesprächen meiner Freunde, die eigentlich alles versuchen, um mich abzulenken.

Ich war die letzten Tage nicht zuhause. Stattdessen war ich bei Marius. Ich hätte es mit Que im selben Haus einfach nicht ausgehalten. Jetzt sitze ich im Bus. Ich starre einfach nur aus dem Fenster und ignoriere meine Freunde. Ich habe ihnen nicht erzählt, dass ich ausgerechnet diesem Mistkerl von Drachen mein erstes Mal geschenkt habe. Ich sage ihnen auch nicht, dass ich noch immer diese wirren Gefühle in mir habe, wenn Que in meiner Nähe ist. Ich kann es nicht verhindern. Er ist richtig mies, aber ich liebe ihn immer noch. Das ändert sich nicht einfach so. Genau deswegen gehe ich ihm soweit es geht aus dem Weg. Weil ich noch immer so fühle, ist es umso schlimmer, was er getan hat. Ich will einfach nur glücklich sein, aber dahin gibt es keinen Weg für mich. Nicht momentan, denn dazu bräuchte ich ihn und er will nur meinen Körper und gleichzeitig seine Freundin. DAS werde ich aber nicht mit mir machen lassen. Dazu bin ich mir eindeutig zu schade.

Zwei Tage sind wir jetzt hier. Es ist schrecklich. Ich hasse die Nächte, denn dann ist Que mir viel zu nah, auch wenn wir in zwei verschiedenen Betten liegen. Ich merke deutlich das er da ist. Er wirft sich im Bett ununterbrochen hin und her. Ich habe mich mehr als einmal dabei ertappt, dass ich ihn fragen wollte, was mit ihm los ist. Natürlich habe ich das nicht getan. Jetzt stehe ich hier mit meinen Freunden in einem Club. Ich wollte hierhin, um mich abzulenken, vielleicht etwas zu trinken. Ich will nur noch vergessen. Meine Freunde und ich holen uns etwas zu trinken. Die Stimmung ist richtig aufgeheizt. Musik hämmert aus allen Boxen. Die Leute haben jede Menge Spaß. Meine Freunde haben den Laden ausgesucht und ich weiß bald auch warum. In diesem Laden scheinen viele Schwule und Lesben zu verkehren. Auf der Tanzfläche ist es brechend voll. Ich klammere mich fast schon an meinem Glas fest. Ich sehe mich dabei um. Innerhalb kürzester Zeit sind meine Freunde auf der Tanzfläche verschwunden.
„Hey, ich bin Maik.", spricht mich ein junger Mann an.

Groß, dunkel, durchtrainiert. Wäre ich nicht so verrückt nach Que, wäre er ziemlich genau mein Typ, aber so will ich ihn am liebsten wieder loswerden.
„Und das soll mich interessieren?", frage ich abwertend.
Ich kann mich nicht erinnern diesen Ton jemals vorher drauf gehabt zu haben. Es verscheucht Maik tatsächlich. Ich leere mein Glas und wende mich der Tanzfläche zu. Die Musik geht regelrecht ins Blut. Ich will mich abreagieren, heftig bewegen. Na ja, am liebsten würde ich mich an Que abreagieren. Schlagen und Treten! Aber das geht nicht. Einen Drachen anzugreifen ist sicher das übelste was ich jetzt tun kann. Ich mische mich unter die Tanzenden und lasse mich von der Musik tragen. Das erste Mal seit Tagen kann einigermaßen abschalten. Es tut gut.

Schon nach kurzer Zeit tanzt mich ein gutaussehender blonder Typ an. Ich ahne was er von mir will. Mehr als nur tanzen. Ich denke kurz an Que und dieses Drachenmädchen. Das kann ich auch. Ich lasse mich darauf ein mit diesem Typen zu tanzen, obwohl ich nicht weiter gehen will. Sein Blick sagt etwas anderes. Ich lächele sogar, obwohl mir leicht unwohl ist. Ich bewege mich zur Musik. Das tut gut. Das mache ich gerne. Der Typ kommt mir näher. Das mag ich nicht sonderlich. Er rückt mir zu sehr auf die Pelle. Ich kann seinen Atem riechen. Alkohol. Ich ignoriere es und tanze weiter. Nur auf die Musik konzentrieren.

Ich weiß plötzlich trotz allem, dass er da ist. Die Präsenz eines Drachen liegt in der Luft. Ich höre Getuschel, wie immer wenn ein Drache da ist. Que ist hier. Ich sehe ihn aus den Augenwinkeln. Die Mädchen und auch etliche Jungs himmeln ihn an. Wie immer! Er steht am Rand der Tanzfläche und starrt zu mir. Zum ersten Mal seit alle dem erkenne ich eine Regung bei ihm. Was er sieht macht ihn wahnsinnig. Sind das irgendwelche bescheuerten drachischen Besitzansprüche? Ich kann nicht verhindern immer wieder zu ihm zu sehen. Das helle Shirt unter seiner offenen Lederjacke liegt eng an und betont seine heiße Figur. Seine dunklen Haare sehen wild aus. Er ist so

sexy und heiß. Seine Haltung ist lässig, aber ich sehe, dass er unruhig ist. Ich würde am liebsten zu ihm laufen und mich in seine Arme werfen. Ich drehe den Kopf weg. Bloß nicht! Ich will nicht so auf ihn reagieren. Ich will ihm den Hals umdrehen, oder ihn mit einem Schwert durchbohren. Was man halt mit einem fiesen Drachen so macht. Der Typ, der mich angetanzt hat kommt mir näher und obwohl ich das eigentlich nicht will mache ich mit. Ich werde Que ganz sicher nicht den Gefallen tun und jemand anderen abweisen. Ich wiege mich zur Musik hin und her. Er sieht gut aus. Etwas flirten ist gut, aber kein Sex. Ich bemerke, dass Que uns anstarrt. Ich erwidere seinen Blick herausfordernd. Er grinst spöttisch und zieht eine Augenbraue hoch. Seine Augen sind dunkel. Fast erinnern sie mich wieder an die Lava in unseren Nächten. In mir krampft es sich zusammen. Ich weiß, dass Que auf mich steht und ich erkenne, dass es ihn an macht wie ich hier tanze. Gleichzeitig ist er jedoch sauer, dass ich nicht mit ihm, sondern mit einem anderen tanze. Er betrachtet mich als sein Eigentum und Drachen teilen nicht. Nicht solange bis sie etwas nicht mehr haben wollen und das ärgert mich. Die Hände des Typen vor mir legen sich auf meine Hüften. Seine grauen Augen durchbohren mich. Seine Haare sind kurz und braun. Er hat eine gute Figur. Ich kann nicht sagen, dass er nicht attraktiv ist. Er streicht mir mit einem auffordernden Lächeln über die Hüften. Er zieht mich zu sich. Mir gefriert das Blut in den Adern. Das geht zu weit. Que hat eine Hand zur Faust geballt. Er löst die Finger. Seine Augen funkeln gefährlich. Das Orange hat sich ausgebreitet. Mit geschmeidigen Bewegungen kommt er auf uns zu. Ich bin nervös und versuche meinen Tanzpartner weg zu schieben. Statt sich zurück zu ziehen, zieht er mich noch näher zu sich. Dann ist Que bei uns. Er erinnert mich an den Tag unseres Kennenlernens, als wir Eric begegnet sind. Seine Haltung ist fast identisch. Unerschütterlich! Überheblich! Stark!
„Das reicht!", seine Stimme ist Frost pur.
Der Typ mit gegenüber hebt den Blick. Seine Hände sind fast auf meinem Hintern.
„Was willst du?", stößt er aus.

Ich kann noch deutlicher als vorher den Alkohol riechen. Widerlich! Ich schiebe ihn von mir.
„Lass ihn los.", grollt Que. „Sollte verständlich genug sein, oder Schätzchen?"
Der Kerl lässt mich endlich los, aber es gefällt mir nicht, warum er das tut. Die beiden starren sich an. Der Typ scheint zu betrunken zu sein, um zu begreifen, dass er versucht sich mit einem zornigen Drachen anzulegen.
„Wer bist du denn? Wir wollten nur etwas Spaß haben."
Spaß ist relativ. Que knurrt grollend. Ich habe ihn schon oft knurren gehört, aber noch nie so laut und gefährlich wie in diesem Moment. Beinahe als hätte er sich bereits verwandelt. Es klingt wie das Knurren eines großen Wolfs.
„Wer ich bin geht dich nichts an. Dass ich gesagt habe, dass du ihn in Ruhe lassen sollst, reicht auch.", sagt er in dieses Knurren hinein.
Ich muss verrückt sein. Es klingt gefährlich, aber ich fürchte mich nicht. Bei ihm hatte ich noch nie Angst, aber das ist nicht gut.
„Quetzal, hör auf.", versuche ich ihn aufzuhalten.
Ich will nicht, dass die beiden sich prügeln. Que würde nur Ärger kriegen und der anderen würde sich ziemlich verletzen.
„Warum sollte ich?", fragt er mich und das macht mich noch wütender, als ich ohnehin seit Tagen bin.
„Komm einfach.", ich ziehe an Ques Ärmel, doch er rührt sich nicht. Ich dränge. „Quetzal!" Er tritt herausfordernd auf den anderen Typen zu. „Que, komm mit."
„Que? Muss ich öfter auf irgendwelche Trottel losgehen, damit du mich Que nennst?", will er mit einem Grinsen wissen.
Ich sehe in seinen Lavaaugen, dass er kurz davor ist die Beherrschung zu verlieren, aber er will sich nicht prügeln. Er will mich und zwar so sehr, dass er hier fast durchdreht.
„Blödsinn, Quetzal. Lass das.", sage ich kalt.
Ein Killerlächeln auf seinen Lippen und meine Knie werden weich. Verflucht!
„Nenn mich Que und ich komme mit."

Ich stoße ein Seufzen aus. Ich beiße die Zähne zu. „Que, komm mit.", bringe ich mühsam heraus. Que lehnt sich zu mir. Rauch, Salz, Seife! Sein Duft vernebelt meine Sinne. Er zieht mich mit sich. Sämtliche Blicke sind auf uns gerichtet.

Que stößt die Tür auf und zieht mich nach draußen. Die Nachtluft ist kühl. Ich atmete sie tief ein. Ich spüre seine warme, starke Hand. Das Feuer in seinem Blut. Es durchflutet mich, wie vorher auch. Ich will das nicht. Ich versuche mich loszureißen, aber er lässt mich nicht los, zieht mich weiter mit sich. Tief in mir drin will ich auch nicht weg, aber ich kann das so nicht. Ich starre auf seinen breiten Rücken. Seinen heißen Hintern. Die dunklen Locken. Alles an ihm sieht so perfekt aus. Super heiß! Er zerrt mich fast grob um die Hausecke herum. Hier ist es ruhiger. Die Musik ist nicht mehr zu hören. Ich bin nicht darauf vorbereitet, dass er mich gegen die Hauswand presst und seine Lippen auf meine brennt. Als er sich von meinen Lippen löst sind seine Hände rechts und links von mir an der Hauswand abgestützt. Sein Raubtierblick durchdringt mich. Sein Atem streift mein Gesicht. Würzig und rauchig! Ich starre auf seine vollen, sinnlichen Lippen. Verboten sündig. Er küsst mich wieder. Meine Hände fahren über kalten Beton, ohne Halt zu finden. Ich will ihn wegstoßen, ihn näher ziehen. Mir ist glühend heiß. Meine Arme schlingen sich wie von selbst um seinen Nacken. Meine Hände vergraben sich in seinen Haaren. Alles an diesem Kuss ist besitzergreifend. Grob und zärtlich zugleich. Noch nie hat er mich so geküsst. Wir sehen uns in die Augen. Tief darin sehe ich eine Zärtlichkeit, mit der ich nicht gerechnet habe. Seine Arme halten mich. Fest, warm, stark und sicher! Tief in mir spüre ich das Vertrauen in ihn, dass ich verloren geglaubt habe. Wie kann ich ihm nach allem bloß noch vertrauen? Ich sehe ihn an. Er sieht so gut aus. Meine Ablehnung schmilzt dahin. Er lächelt sein Killerlächeln und küsst mich wieder. Ich umschlinge ihn fester mit meinen Armen. Er hat mir das Herz gebrochen und er wird es wieder tun. Das weiß ich und dennoch lasse ich es zu. Lasse mich fallen. Mein Herz bricht schon in diesem Augenblick.

19. Quetzal – Heißes Blut, schmerzende Knochen

Für einige Momente bin ich noch glücklich. Dann merke ich, dass ich alleine bin. Die Nacht war toll. Tom und ich waren wieder wie Eins. Zusammengehörig. Doch jetzt ist er weg und ich bin nicht schlauer als vorher. Was ist nur passiert? Warum lehnt er mich plötzlich so ab, obwohl er mich will? Diese Frage stelle ich mir seit Tagen. Ich habe gedacht endlich wieder an ihn heran gekommen zu sein. Ich scheine mich getäuscht zu haben, denn Tom ist weg. Ich knurre und sehe mich im Zimmer um. Ich finde keinen Hinweis, wo er sein könnte. Stöhnend richte ich mich auf. Mein Körper ist ungewöhnlich steif und mir ist noch heißer, als in letzter Zeit. Nicht doch gerade jetzt. Bitte! Das Schicksal erlaubt sich hier einen verdammt üblen Scherz mit mir. Ich steige aus dem Bett und tapse ins Bad. Noch nie habe ich mich so schwerfällig gefühlt. Ein Blick in den Spiegel bestätigt meine Vermutung. Meine Augen sehen vollkommen matt aus. Eindeutige Zeichen. Ich sollte mich zurück ziehen. Nein! Ich kann nicht. Es reicht. Ich muss mit Tom reden. Unbedingt! Egal wie es mir gerade geht. Ein Hustenanfall zwingt mich in die Knie. Keuchend lehne ich mich an die Badezimmer fließen. Das Bad ist hässlich, aber das kümmert mich gerade wenig. Ich muss zu Tom. Wir müssen unbedingt miteinander reden. Ich halte das alles bald nicht mehr aus. Er ist mein Schicksal, das wusste ich von Anfang an. Deshalb muss ich das klären. Egal was es kostet.

„Verschwinde!", dieses eine Wort ist wie ein Schlag ins Gesicht. Ich zucke zusammen. Ich hatte gehofft, dass Tom jetzt bereit wäre mit mir zu reden, aber dass ist er offensichtlich nicht. Ich balle die Hände zu Fäusten. Der Drache in mir tobt heftiger als jemals zuvor. Ich spüre das brennende Verlangen. Mein Blut ist kochend heiß. Ich sollte nicht in der Öffentlichkeit sein. Ich bin ein Idiot, dass ich doch hier bin. Ich wünschte ich hätte die Kraft hartnäckiger zu sein. Alles in mir brennt. Ich huste wieder. So oft wie in den letzten Tagen habe ich noch nie

gehustet. Ich hätte es da schon ahnen müssen. Eigentlich hätte ich bei der Klassenfahrt nicht mitkommen sollen. Zu spät! Ich muss mich zusammen reißen. Ich beschleunige meine Schritte, um Tom wieder einzuholen.
„Wir sollten reden.", versuche ich es.
Anstatt Tom reagiert allerdings Marius auf meine Worte: „Was hast du an verschwinde nicht verstanden?"
„Das verstehe ich. Nur nicht warum.", knurre ich.
„Dann bist du ein noch größerer Mistkerl als wir bisher gedacht haben.", blafft Maja mich an und unsere Klassenkameraden starren nun endgültig zu uns.
Ich will etwas sagen, aber ein scharfer Schmerz durchfährt meinen Rücken. Ich weiche zurück. Verdammt! Ich weiß was gerade mit mir geschieht. Ich bin echt zu stur. Ich hätte die Zeichen beachten sollen.
„Ich … ich muss hier weg.", keuche ich.
Mein Blut kocht. Mein Rücken tut höllisch weh. Meine Flügel pulsieren heiß. Ich stürme an den anderen vorbei. Mein Atem geht rasselnd.
„Que!", ruft Tom mir nach.
In jeder anderen Situation würde ich auf ihn reagieren. Nur jetzt nicht.

Ich komme nicht weit. Im Garten hinter einem Haus sinke ich zu Boden. Meine Beine pochen. Mein Körper dehnt sich ziehend. Mein rechtes Bein wird auseinander gerissen. Der Längen unterschied reißt mir die Beine unterm Körper weg. Ich verkrampfe. Es reißt an meinen Armen. In meinem Brustkorb drehen und verbiegen sich die Knochen. Solche Schmerzen habe ich noch nie gespürt. Alles in mir dehnt sich, dreht sich, biegt sich und bricht, während mein Blut vor Feuer brennt. Mein Rücken zerreißt. Ich sacke zu Boden. Ich keuche. Mein Atem klingt ungewohnt laut. Ich hebe den Kopf. Es ist anders. Ich schlucke und merke es deutlich. Ich bewege mich. Es tut weh. Ich stemme mich hoch. Schmerz schießt durch jede meiner Nervenbahnen. Ich kämpfe mich auf vier Pfoten hoch. Meine Krallen zerwühlen den Boden. Ich drehe mich. Es kracht. Mein Schwanz hat irgendetwas getroffen. Es

verstärkt nur den Schmerz in meinem Körper. Ich knurre laut. Weder
Bär, noch Löwe, Tiger oder Wolf könnten mit diesem Geräusch
mithalten. Würde ich keine anderen Drachen kennen, würde mir
alleine dieses Geräusch Angst machen. Ich mache einen Schritt
vorwärts und brülle vor Schmerzen auf. Mein Kopf rauscht hin und her.
Ich bin nicht in der Lage irgendetwas zu fixieren und mich richtig zu
orientieren. Alles dreht sich in einem Wirbel aus Funken und Schmerz.
„Quetzal?", ich erkenne meinen Namen, aber das ist egal.
Ich schüttele mich, versuche irgendwie den Schmerz aus meinem
Körper zu bekommen. Ich höre Schreie und Keuchen. Es kracht. Etwas
trifft meinen Körper. Ich bäume mich brüllend auf. Meine Flügel
strecken sich und es tut gewaltig weh.
„Que!", ruft eine Stimme.
Ich kenne diesen Ton. Ich zucke zusammen und drehe mich in die
Richtung, aus der sie kommt. Es tut weh, aber ich will nicht daran
denken. Ich will mich auf diese Stimme konzentrieren. Auf denjenigen,
zu dem sie gehört. Tom! Ich blinzele. Meine Augen brennen. Nur
langsam nehme ich etwas wahr. Ich senke den Kopf herab, um ihn
ansehen zu können. Ich ignoriere den Schmerz. Er wirkt so unglaublich
rein. Wie ein Engel!
Tom!, sende ich ihm meine Gedanken. Ich spüre wieder dasselbe
Verlangen mit ihm zu reden wie vorher. *Bitte, Tom. Rede mit mir.
Bitte.*, flehe ich ihn an.
*Was willst du noch reden? Du bist hier der Idiot, der mich
hintergangen hat.*, höre ich seine Gedanken und nehme noch mehr
wahr.
Ich sehe Bilder. Fotos. Von mir und von Aura. Ich schüttele den Kopf
und knurre. Der Schmerz jagt durch mich hindurch, doch ich ignoriere
das. Ich verstehe jetzt. Drachen und Menschen°
*Weißt du noch, was ich dir über Drachen und ihre Freunde erzählt
habe?*, frage ich ihn und bemühe mich dabei ruhig zu bleiben.
Was meinst du?, will er sichtlich verwirrt wissen.

Ich hatte einen Alptraum. Du bist zu mir gekommen. Er nickt. Daran erinnert er sich also. *Weißt du noch was ich dir da über Drachen und ihre Freunde gesagt habe?*
Dass Drachen und ihre Freunde sich näher stehen, als bei Menschen? Das enger Kontakt nichts ungewöhnliches bei Drachen und ihren Freunden ist?, hakt er nach und seine Augen werden groß, als er versteht was ich ihm sagen will. *Aber das ist doch nicht alles.*
Er klingt traurig und mein Herz krampft sich zusammen. Ich muss wissen was er meint. Ich muss verstehen, was in ihm vor geht.
Erkläre mir was du meinst, Tom., verlange ich.
Er sieht zu Boden, aber es wirkt eher zurückhaltend und nicht so als hätte er Angst vor mir in dieser Gestalt.
Du hast mich nie deinen Freund genannt. Ich kenne deine Freunde nicht. Nur Xaron habe ich einmal getroffen. Warum? Weshalb stehst du nicht zu mir?, es klingt verzweifelt.
Ich schüttele den Kopf. Meine Flügel zucken und mein Schwanz pendelt hin und her. Jedes sich bewegende Körperteil schmerzt, aber daran will ich nicht denken.
Oh je, Tom. Ich lege alles Bedauern, das ich spüre in diese Worte. Das ist ein typisches Drache-Mensch-Missverständnis.
Missverständnis?, bohrt Tom.
Lapislazuliblitzen, Sexpartner, Geliebte, Partner., zähle ich auf. *Das sind die Worte, die wir Drachen verwenden.* Ich atme rasselnd ein. Selbst meine Lungen schmerzen. *Ich versuchs dir zu vermitteln. Lapislazuliblitzen ist ungeheuer stark. Es passiert in einem einzigen Augenblick. Es gibt nichts was da mithalten kann. Es ist stärker als einfach nur verliebt zu sein. Es ist Bestimmung. Eine Schicksalsverbindung. Ein Drachen bemerkt es bei der ersten Begegnung.* Ich sehe in seinen Augen, dass er wissen will, ob es bei uns so war, aber das will ich ihm nicht über unsere Gedanken sagen. Das muss ich ihm sagen, wenn ich nicht in Drachengestalt bin. *Sexpartner ist einfach das was es sagt. Starke körperliche Anziehung und Sex. Ganz einfach. Geliebte ist wieder etwas anderes. Das was ihr als Zusammen sein oder miteinander gehen bezeichnet. Wenn ein*

Drache zu dir sagt, dass du sein Geliebter bist, dann bist du sein Freund.
Das alles wusste ich nicht., Toms Gedanken klingen beschämt.
Daran hätte ich denken müssen. Nicht du. Es ist nicht deine Schuld. Es ist einfach nur ein Missverständnis., wiegele ich ab.
„Ist dir aufgefallen, dass wir alleine sind?", fragt er mich plötzlich.
Ehrlich gesagt habe ich es nicht gemerkt. Den Schmerz zu ignorieren kostet mich viel. Ich mache einen Schritt auf Tom zu und zische vor Schmerz auf. Ich kann zum Glück verhindern zu brüllen, wie beim ersten Mal.
Das ist nicht wichtig. Wir sind wichtig!, teile ich ihm mit. Ich will ihm etwas sagen, ohne meine Gedanken zu benutzen. Ich muss es ihm sagen. Der Impuls ist unglaublich stark. Hunderte von Nadeln dringen in mich ein. Mein Rücken scheint zu brechen. Nackt hocke ich in meiner anderen Gestalt auf dem Boden, meinen Körper übersät mit blauen Flecken. „Du bist derjenige, bei dem ich lapislazuligeblitzt wurde, Tom. Du bist mein Schicksal. Ich liebe dich."
Seine Augen sind riesig. Er starrt mich sprachlos an. Ich ziehe ihn lachend zu mir. Der Schmerz ist mir dabei egal. Tom schmiegt sich an mich.
„Ich liebe dich auch.", murmelt er schließlich.
Ich drücke ihn an mich und sage grinsend: „Ich bin gut darin Leute zu verschrecken."
„Du bist schräg.", kommentiert mein Geliebter.
„Ich bin dein Drache."
„Schön.", brummt er und seine Finger streicheln sanft über meine Flügel.
„Ich brauche Klamotten und irgendwo hier muss mein Handy herum liegen.", merke ich an.
Tom lacht und bleibt einfach an mich gekuschelt hier.
„Ich will nicht.", murrt er.
„Komm schon, Süßer. Besorge mir was zum Anziehen. Wir haben später die ganze Nacht für uns.", versuche ich ihn zu überzeugen.
„Ich will mich nicht von dir trennen.", quengelt Tom.

Ich grinse ihn an und sage: „Lass mich mal los. Dann kannst du auf meinen Rücken klettern."

19. Tom – Mein Drache

Es gefällt mir nicht, dass Que sich von mir entfernt. Die letzten Tage waren anstrengend genug und das auch noch völlig unnötig. Ich zucke zusammen, als sich mein Drache zusammen krümmt. Viele dunkle Punkte zeichnen sich auf seinem sexy Körper ab. Ich höre ein Knacken. Seine Haare verdrehen sich. Seine Augen zerfließen zu Lava. Ich höre ein lautes Reißen. Feucht und dunkel breiten sich gewaltige Flügel aus. Sie verdecken einen Teil seines Körpers. Ich sehe eine seiner Hände. Die dunklen Punkte breiten sich aus. Die Fläche seiner Hand vergrößert sich, verbiegt sich und seine Finger werden zu langen gebogenen Krallen. Zwischen den Flügel peitscht ein langer Schwanz heraus. Er schüttelt sich und streckt den langen Hals mit dem keilförmigen Kopf. Er hat gedrehte helle Hörner am Hinterkopf. Sein Körper ist mit dunkelvioletten Schuppen überdeckt. So dunkel, dass sie fast schwarz wirken. Ich gehe näher auf ihn zu und erkenne Dunkelblau dazu. Es sind die Spitzen seiner Schuppen erkenne ich, als sein Kopf direkt vor mir ist. Ich lege meine eine Hand auf die Nüstern, die andere unter sein Maul. Seine Schuppen sind angenehm warm. Ich gehe noch näher an ihn heran. Er riecht immer noch nach Rauch, Salz und Seife. Ich sehe in seine Lavaaugen und mein Herz klopft schneller. Ich spüre, dass er es ist, auch wenn er in dieser Gestalt ist.
Steig auf meinen Rücken, mein Engel., fordert seine Gedankenstimme mich auf und er knickt seine Vorderbeine ein.
Ich lasse meine Finger über die Schuppen an seinem Hals gleiten. Seine Wärme rieselt durch mich hindurch. Ich liebe ihn so!
„Aber wir bleiben am Boden.", bitte ich.
Wir bleiben am Boden., stimmt er zu.
Sein Vorderbein ist eingeknickt wie eine Stufe. Sein Flügel dreht sich herum und ich kann danach greifen, um Hilfe beim Aufsteigen zu haben. Es ist seltsam auf seinem Rücken zu sitzen, aber seltsam schön.

Meine Finger streichen über die Schuppen an seinem Halsansatz. Er gibt ein schnurrendes Geräusch von sich.
„Que?", frage ich vorsichtig.
Nicht aufhören. Das fühlt sich gut an. Ich streiche weiter über seiner Schuppen. *Weist du, dass ich mir von Anfang an gewünscht habe dich hier zu haben?*
„Hier?"
Als mein Geliebter, auf meinem Rücken, während ich verwandelt bin.
„Oh."
Que stößt eine gurgelndgrollenden Laut aus und sein Körper vibriert. Ich brauche um einen Moment, um zu begreifen, dass es ein Drachenlachen ist. Mein Drache setzt sich in Bewegung.
Das könnte jetzt lustig werden., meint er amüsiert.
„Ansichtssache.", erwidere ich.
Wieder ein Drachenlachen. Ich lehne mich vor und schmiege mich an seinen vibrierenden Körper. Ich bin so froh ihn wieder zu haben. Das Loch in meinem Inneren und der bohrende Schmerz sind endlich verschwunden.

„Tom?", fragt Marius sichtbar gschockt, als ich an Ques Flügel geklammert vom Rücken meines Drachen klettere. „Was hat das jetzt zu bedeuten? Wir wollten eigentlich gerade Hilfe holen." Er sieht Que durchdringend an. „Du bist ganz schön ausgeflippt."
Mein Freund knurrt dunkel. Oh man!
„Que, lass das. Er ist mein bester Freund."
Mein Drache schnaubt und lässt sich auf die Hinterbeine sinken. Sein Schwanz schlingt sich um seine Pfoten. Er hat die Flügel nach hinten gestreckt. Sein Kopf neigt sich seitlich, während er mich ansieht.
Klamotten?, fragt seine Stimme in meinem Kopf.
Ich lache und muss es einfach sagen: „Geht auch ohne."
Willst du das wirklich? Ich kann mich auf der Stelle zurück verwandeln., bietet er mir vollkommen ernst an.
Ich hebe die Hände und rufe: „Bloß nicht. Ich teile nicht."

Er lacht und kippt dabei zur Seite weg. Das er sich nicht am Flügel verletzt überrascht mich dabei schon.
Ich auch nicht., gibt er dann zurück.
„Spinner.", necke ich ihn.
Deiner!, bei diesem einen Wort überläuft mich eine Gänsehaut.
„Ich bin gleich wieder da."
„Tom!", ruft Marius drängend.
Ich laufe in die Pension hinein. Meine Freunde folgen mir.
Wenn du länger brauchst, ich warte., teilt Que mir mit.
Dann ist es still in meinem Kopf. Irgendwie vermisse ich es. Seine Stimme in meinem Kopf ist ... es kommt mir dann so vor, als wären wir uns besonders nah. Ich wünschte ich könnte mich an Que lehnen, mich in seine Arme kuscheln. Oh man. Ich bin echt am Arsch. Ich bin viel zu sehr von ihm abhängig.

Ich ignoriere meine Freunde und krame stattdessen einfach in Ques Tasche herum.
„Du willst ihm jetzt nicht ernsthaft einfach so verzeihen, oder?", bricht Maja das bedrückende Schweigen.
„Er ist mein Drache.", sage ich hart und spüre tief in mir, dass es stimmt, dass es von Anfang an so war. Er hat recht, was das Schicksal angeht. „Das alles, was passiert ist. Das ist so eine Drachensache."
„Ach, Drachen dürfen also einfach so fremdgehen.", fragt Alex und mein Inneres verkrampft sich, als er das sagt.
„Das tut er nicht.", stoße ich aus, aber ich klinge nicht sehr glaubwürdig.
Verflucht! Das darf doch nicht wahr sein. Ich muss mit Que reden.
„So klingst du auch.", schnaubt Maja.
„Ihr macht es mir nicht leichter.", fahre ich sie an.
Ich hole ein Shirt für Que heraus. Alles andere habe ich schon. Ich will hier raus und zu meinem Drachen. So schnell wie möglich.
„Erkläre uns weshalb du ihm so schnell verziehen hast.", verlangt Marius, der sich mit vor der Brust verschränkten Armen vor der Tür aufgebaut hat.

„Drachensache!", murre ich. Ich will nicht mehr sagen. Ich kann nicht einfach so Dinge verraten, die Que mir erst nach diesem Missverständnis gesagt hat. „Jetzt lass mich durch."
Ich will zu meinem Drachen. Marius schüttelt den Kopf. Ein ohrenbetäubendes Brüllen erschüttert die Luft. Meine Freunde laufen zum Fenster, um zu sehen was los ist.
Bitte sehr, der Weg ist frei., höre ich Ques Stimme in meinem Kopf.
Woher ...?, ich bin echt überrascht.
Ich hab deinen Wunsch gespürt.
Ich sehe kurz zu meinen Freunden, dann verlasse ich das Zimmer bevor sie ihre Aufmerksamkeit wieder auf mich richten können.

Que zieht seine Jeansjacke über sein Shirt und mustert mich stirnrunzelnd.
„Was beschäftigt dich?", fragt er mich.
„Wie ist das mit Drachen, Sex und Beziehungen?", stelle ich meine Gegenfrage.
Mein Drache seufzt und lehnt sich lässig gegen die Hauswand, der Seitengasse, in der er sich angezogen hat.
„Drachen sind monogam.", sagt er schlicht.
„Echt?"
Er lacht und zieht mich zu sich. Ich kuschel mich an seinen warmen Körper.
„Es gibt nur eine einzige Person auf der ganzen Welt, die einen Drachen in eine echte Beziehung holen kann, wenn man es so sagen kann." Er lacht erneut und sein heißer Atem verursacht mir eine heftige Gänsehaut. „Alles andere ist, wenn überhaupt sexuelle Anziehung. Wenn wir diese eine Person gefunden haben, ist diese das wichtigste was es gibt. Du bist diese Person für mich."
Mein Herz pocht unkontrolliert. Das klingt zu schön um war zu sein, aber es ist tatsächlich so. Ich bin glücklich, wenn er so etwas zu mir sagt.
„Fremdgehen ist also nicht?", höre ich Marius fragen.

Que knurrt und selbst ich halte das für einen gefährlichen Laut, obwohl ich mich in seiner Gegenwart eher selten fürchte.
„Der Drache, der seinen Partner betrügt, muss erst noch geboren werden.", entfährt es ihm dann zornig und mein Inneres zieht sich zusammen.
Geliebte, Partner, wo ist der Unterschied? Er hat beides erwähnt, aber Partner hat er nicht näher erklärt. Das macht mir Angst.
„Abwarten.", schnaubt Marius.

„Was ist der Unterschied?", frage ich Que, als wir alleine in unserem Pensionszimmer sind.
Wir liegen auf dem Bett. Ich bewege mich nicht. Seine Hände streicheln meinen Rücken.
„Welcher Unterschied?", brummt er.
„Geliebte und Partner.", hauche ich zögerlich, ängstlich.
„Magie, mein Engel. Es ist wie Magie. Lapislazuliband, nennen wir das, aber das wird dir nichts sagen. Magie kommt dem am nächsten. Es ist eine mächtige Verbindung zwischen zwei Drachen. Stärker als eine Ehe." Alles in mir gefriert und ich versteife mich. Zwischen zwei Drachen. Wir können so etwas nie haben. Ich bin ein Mensch.
„Lapislazuliband schließen nur Lapislazuligeblitzte."
„Das heißt, dass du so etwas nie erfahren wirst, Que?", frage ich besorgt.
Ob er das jemals bereuen wird? Plötzlich dreht er uns und drückt mich in die Matratze. Seine Augen funkeln mich voller Lava an.
„Nichts könnte mich glücklicher machen, als das was wir haben.", knurrt er mich leidenschaftlich an und als er mich voller Begehren küsst glaube ich ihm. „Ich liebe dich. Ich bin dein Drache. Nichts ändert etwas daran."
„Mein Drache.", murmele ich.
Er nickt ernst.

20. Quetzal – Ein Zeuge?

Skifahren ist definitiv nicht gut für das Ego eines Drachen. Ich bin sportlich, aber mit Eis und Schnee zurecht zu kommen ist etwas anderes, selbst wenn es sich nur um künstlichen Schnee handelt. Tom findet das alles ganz besonders witzig. Ich zitiere: „Ist doch mal etwas, wenn der arrogante Drache auf die Schnauze fällt."
Ich bin aber wenigstens nicht der einzige, der sich dabei hingelegt hat. Wortwörtlich! Ich hatte irgendwann jedenfalls genug, habe mich verwandelt und bin lieber über der Skipiste geflogen. Die anderen Skifahrer fanden das aber weniger witzig. Jetzt ist die Klassenfahrt allerdings vorbei und wir sitzen im Bus.
„Ich kapiere es immer noch nicht.", meint Maja zum wiederholten Mal und meint damit Tom und mich.
Beim ersten Mal war sie richtig euphorisch, jetzt ist da nur noch Skepsis. Ich drücke meinen Geliebten näher an mich. Es gäbe eine Möglichkeit das alles zu beenden, aber dafür ist es noch viel zu früh. Der Gedanke alleine lässt mein Herz schneller schlagen. Wäre Tom bereit dafür? Würde er so viel aufgeben? Das alles schüttelt mich innerlich durch.
„Liebe.", murmelt er mit geschlossenen Augen.
Sein Kopf liegt an meiner Schulter. Ich muss schmunzeln. Das ist so süß.
„Warum hast du Tom noch nie mit zu deinen Freunden genommen?". fragt Marius mich angriffslustig.
Ich stoße ein Knurren aus und muss an Auras Kommentar denken, als ich ihnen das Foto von Tom gezeigt habe.
„Um meiner besten Freundin nicht die Kehle raus zu reißen.", sage ich dann. Tom öffnet die Augen und sieht mich fragend an. *Drachen sind ziemlich eifersüchtig und sie fand dein Bild süß.*
„Du hast deinen Freunden Bilder von mir gezeigt?", er scheint überrascht.
Ich muss lachen.
„Ich rede mit meinen Freunden über Dinge, die mich bewegen und die mir wichtig sind. Da beides bei dir zu trifft ja, natürlich rede ich mit meinen Freunden über dich.", grinse ich ihn an.

„Was hast du ihnen erzählt?", fragt Tom und klingt aufgeregt.
„Lapislazuliblitzen.", ist mein Kommentar.
„DAS hast du ihnen erzählt?"
Ich denke an das was passiert ist und breche in Gelächter aus. Ich ziehe mein Handy aus der Tasche und sage: „Ich hatte mit Leila gesprochen und sie dabei etwas geärgert. Tja, sie hats ihrem Bruder erzählt." Ich rufe das Foto von Leila voller Tomatensuppe auf und halte es so, dass Tom es sehen kann. „Na ja, die Suppe hat sie nur aus Versehen abbekommen. Das Foto war Absicht."
Mein Geliebter lacht und sein Atem streift meinen Hals, so dass mich ein angenehmer Schauer durchläuft.
„Du kannst richtig gemein sein, weist du das?", sagt er dann.
„Gemein wäre gewesen, wenn ich das Foto ins Internet gestellt oder überall herum gezeigt hätte.", grinse ich gelassen. „Das Foto ist nur für Privatgebrauch. Ich fand es einfach nur lustig."
„Spinner!"
„Deiner!" Ich muss lachen. „Kann es sein, dass du das absichtlich machst?"
„Was?", tut Tom ganz unschuldig, aber seine Augen funkeln mich frech an.
„Das reicht mir als Antwort.", grinse ich spöttisch.
„Ach ja?", sein Blick ist herausfordernd.
Ich lehne mich zu ihm vor und blicke ihm direkt in die Augen.
„Oh ja und ich liebe dich."
Unsere Lippen schmiegen sich weich und warm aneinander, als ich ihn küsse.
„Boah! Macht das woanders.", ertönt eine andere Stimme, Philip.
Ich löse den Kuss kurz und knurre ihn drohend an: „Lass uns einfach in Ruhe, Dumpfbacke."
Er zuckt zurück. Okay, Feigling passt besser zu ihm. Tom schlägt mir gegen die Schulter und seine Augen blitzen.
„Knurr unsere Klassenkameraden nicht an.", verlangt er.
„Solange ich dich anknurren kann.", stoße ich knurrend aus.
„Nur wenn es nicht mitten in der Geisterbahn ist."

„Entschuldige, ich konnte da nicht anders.", necke ich ihn.
„Spinner."
„Immer noch deiner."

Als wir an der Schule ankommen, ändert sich meine Stimmung schlagartig. Aura und Xaron warten dort auf uns. Ihre Kleidung ist teilweise mit verdorbenem Obst und Gemüse bedeckt. Die Umgebung ist abgesperrt und Polizei ist auch dort. Einige der Polizisten wirken, als wollten sie sich lieber mit zu den Demonstranten stellen. Das hat allerdings nicht meine Laune verändert. Meine Freunde sehen unruhig und ärgerlich aus. Irgendetwas ist passiert. Ich stehe bereits bevor der Bus anhält.
„Que?", fragt Tom.
„Etwas ist nicht in Ordnung.", sage ich und stürme zur Tür.
Der Bus bremst. Ich halte mich an einer Stange fest und springe nach draußen, sobald sich die Türen öffnen. Sekunden später halten ich die beiden fest. Sie sind echt fertig.
„Interessante Freundschaft.", kommt es von Alex.
Ich ignoriere es und konzentriere mich auf meine Freunde.
„Was ist denn passiert?", frage ich.
Wir halten uns an den Händen, nachdem wir die Umarmung gelöst haben. Aura starrt auf den Boden. Sie wirkt auch beschämt.
„Es gibt einen Zeugen.", sagt Xaron nun.
„Wofür?", ich knurre dabei diesem Wort.
Ich bin angespannt. Worum geht es hier?
„Für beide Angriffe." Ich schnappe nach Luft. Jetzt bin ich sprachlos. Damit hätte ich im Leben nicht gerechnet. „Er gehört irgendwie zum Umfeld dieser Gruppe, aber nicht wirklich dazu. Der Angriff auf diesen anderen Drachen war wohl zu viel für ihn." Ich knurre. „Er war bei der Polizei."
„Klingt doch gut.", presse ich hervor, obwohl ich ausrasten könnte, weil er sich nicht direkt nach dem Brand gemeldet hat.
„Nein.", zischt Aura. Wir ignorieren das Näherkommen der Menschen, um uns herum. „Bevor er genauer aussagen konnte. Bevor er Namen

nennen konnte." Ihre Stimme erstickt fast an den wütenden Knurren, das in ihrer Brust vibriert. Ich ziehe sie an mich, damit sie sich beruhigt. „Er wurde angegriffen." Ich versuche möglichst entspannt zu bleiben. „Sie haben ihn schwer verletzt gefunden. Er wird gerade noch operiert."
Jetzt bin ich sauer. Ich knurre laut und Feuer steigt meine Kehle hinauf. Meine Freunde weichen zurück. Ich beiße die Zähne zusammen und schlucke. Hustend stoße ich einige kurze Flammen aus. Alle starren mich an.
„Warum habt ihr mir nichts gesagt?", frage ich dann dunkel.
„Du hattest andere Sorgen und bis heute früh wusste keiner etwas von dem Angriff auf den Zeugen.", brummt Xaron.
Ich atme tief durch und spüre eine Hand auf meinen Flügeln. Die Berührung kribbelt. Ich schlinge meinen Arm um Tom und ziehe ihn an mich. Das tut gut.
„Können wir irgendetwas tun?", bohre ich etwas ruhiger nach.
„Deshalb sind wir hier.", teilt Aura mir mit.
Ich ziehe die Augen zu Schlitzen zusammen und frage weiter: „Warum?"
„LIS! Er ist kein Drache."
„Genauer!", dränge ich.
„LIS zahlt nicht für die Behandlung, wenn es kein Drache ist.", brummt Aura. „Wenn es zu Komplikationen kommt, braucht er vermutlich einen Spezialisten."
„Das ist teuer.", fügt Xaron hinzu.
„Ich zahle alles.", knurre ich.
„Darauf hatten wir gehofft."
„Du willst dich nicht davon überzeugen, dass das die Wahrheit ist?", fragt Maja und klingt überrascht.
„Meine Freunde lügen mich nicht an.", grolle ich.
„Ach, jetzt lügen Drachen auch nicht?", fragt Anna abwertend.
„Que ist so was wie ein lebender Lügendetektor. Ihn anzulügen würde nichts bringen.", teilt Xaron grinsend mit.

Ich verdrehe die Augen und sage: „Man lügt Lung nicht an." Ich sehe zwischen meinen Freunden hin und her. „Aber das mache ich bei euch gar nicht."
„Echter Vertrauensbeweis, Que.", meint Aura.
„Wir bringen unsere Sachen nachhause und dann komme ich ins Krankenhaus.", entscheide ich.
„Wir gehen schon vor.", nickt Xaron.
Ich löse mich etwas von Tom und halte ihn auf Armlänge von mir.
„Pack meine Sachen in meine Tasche, Tom. Ich fliege.", sage ich ernst.
„Das ist dir sehr wichtig, stimmts?"
Ich knurre bei den aufsteigenden Erinnerungen und presse heraus: „Die haben meine Familie getötet. Sie haben einem Drachen die Flügel zerschnitten. Natürlich ist es das."
„Mehr muss ich nicht wissen.", meint mein Geliebter und drückt mir einen Kuss auf die Lippen.
Ich ziehe ihn mit mir hinter ein Auto und streife eilig meine Kleidung ab. In dieser Situation gebe ich mir nicht wirklich mühe es aufreizend zu machen. Dennoch sehe ich Toms verlangenden Blick. Er greift nach meinen Sachen und tritt zurück. Ich knurre. Meine Muskeln ziehen, meine Knochen biegen sich und mein Rücken zerreißt. Ich brülle und lande auf allen Vieren. Mein linker Flügel streift die Hauswand. Den anderen strecke ich über dem Auto aus. Das Ziehen klingt ab. Ich mache einen Satz nach vorne und sehe, wie die meisten Menschen zurück weichen. Tom kommt auf mich zu. Ich senke den Kopf und er lehnt seine Stirn an meine Nüstern. Seine Hand streicht zwischen meinen Nüstern weiter nach oben und zwischen meine Augen. Meine Lider fallen zu, weil sich das so toll anfühlt.
„Ich komme mit dir mit und danach habe ich etwas mit dir vor.", höre ich seine Stimme verheißungsvoll direkt an meinem Ohr.
Ich wünschte es wäre schon danach.
Tom lacht und ich beuge meine Vorderbeine und drehe meinen Flügel, damit er auf meinen Rücken steigen kann. Er ist tatsächlich bereit mit mir zu fliegen.

21. Tom – Vertrauen

Ich wundere mich selbst, dass ich das hier tue, aber ich kann Que jetzt nicht alleine lassen. Sein Flügel streift meinen linken Oberarm, als ich auf seinem Rücken sitze. Ich lege meine Hände auf die Schuppen vor mir. Seine Wärme durchdringt mich von Kopf bis Fuß. Ich schließe die Augen. In solcher Höhe habe ich mich noch nie so wohl gefühlt.
Drück deine Füße vorne an meine Flügel., höre ich Ques Stimme in meinem Kopf und folge seiner Anweisung. *Meine Nackenschuppen sind weicher als die anderen. Dort kannst du dich festhalten, ohne dich zu verletzen.*
Woher weist du das?, frage ich ihn vorsichtig.
Ich bin früher öfter bei meinen Eltern mit geflogen., eröffnet er mir.
So in Gedanken mit ihm verbunden kann ich die Trauer spüren, die seinen Körper durchdringt. Ich lehne mich vor und streiche liebevoll über seine Schuppen. Er brummt.
Ich bin immer für dich da.
Festhalten, mein Engel., warnt er mich.
Ich kralle mich in seine Nackenschuppen, als er einen Satz in die Luft macht. Seine Flügelschläge sind überraschend gleichmäßig, dafür dass er sich erst seit wenigen Tagen verwandeln kann. Er trudelt etwas und ich umklammere seine Schuppen. Seine Vorderpranken greifen nach unseren Taschen, was seinen Flug kurzzeitig unruhig macht.
Du schaffst das., lasse ich ihn überzeugt wissen.
Es stimmt. Ich bin ganz sicher, dass er es kann. Ich vertraue in seine Fähigkeiten.
Ich weiß., auch seine Gedanken können diesen typischen arroganten Ton drauf haben, der so typisch für ihn ist. *Ich bin der beste Flieger der Stadt.*
Angeber., gebe ich zurück.
Lung sind die besten Flieger unter den Drachen. Ich bin der einzige Drache der Stadt., verkündet er mir selbstsicher.
Ich schlage ihm leicht auf die Schuppen. Er ist so überheblich.
Du bist immer noch ein Angeber, mein Drache.

Willst du mal wissen wie es ist, wenn ich wirklich angebe?, fragt er mich.
Wie meinst du das?
Achtung. Halt dich gut fest.
Ich komme nicht dazu ihn zu fragen was er meint. Er dreht mitten in der Luft um. Ich habe keine Ahnung wie er es anstellt, aber er bleibt mitten in der Luft stehen. Wow! Ich spüre die Muskeln unter seinen Schuppen vibrieren, als er tief Luft holt. Ein Brüllen, so laut wie ich es noch nie gehört habe, erschüttert die Luft. Ich wage einen Blick nach unten. Die Demonstranten ducken sich und zittern sogar. Ich muss lachen. Que hebt den Kopf hoch in die Luft. Seine Muskeln erzittern. Das ist mehr als nur ein tiefes Luftholen. Mehrere Feuerstrahlen schießen in den Himmel. Die Luft flirrt vor Hitze.
Spinner., kommentiere ich.
Deiner!
Que drehte sich wieder und fliegt in Richtung zuhause davon. Ich lehne mich vor und schmiege mich an seine Schuppen. Bevor ich ihn getroffen habe, hätte ich niemals gedacht, dass ich mich in so einer Situation wohl fühlen könnte. Jetzt ist es aber so.

Ich klettere zurück auf Ques Rücken. Ich habe unsere Taschen im Hausflur abgestellt und seine Kleidung für die Zeit nach der Rückverwandlung in einen Rucksack gestopft.
Danke., sagt er in Gedanken zu mir, als er vom Boden abhebt.
Mache ich gerne, mein Drache.
Das meine ich nicht. Ich wusste nicht, dass man auch in Gedanken lachen kann, aber es geht, denn es klingt durch meinen Kopf. *Danke für dein Vertrauen.*
Das kann ich nur zurück geben.
Hmmm?
Deine Nackenschuppen sind weicher. Schwachstelle.
Wieder dieses Gedankenlachen und mich durchläuft ein heißkalter Schauer, als würde er das laut tun. Ich schmiege mich an ihn. Die Wärme seines Körper durchdringt mich.

Ich hasse Krankenhäuser. Ich versuche immer nicht dorthin zu kommen. Es erinnert mich immer an das was vor drei Jahren passiert ist. Mein Großvater. Ich verkrampfe mich. Que zieht mich näher zu sich.
„Du musst nicht weiter mitkommen.", flüstert er mir ins Ohr.
„Ich habe es dir schon mal gesagt. Ich bin an deiner Seite. Selbst wenn es schlimm ist.", erinnere ich ihn ernst.
Seine Lippen drücken sich auf meine Schläfe. Kribbelnd und warm! Dann zieht er mich weiter. Ich lehne meinen Kopf gegen seine Schulter. Mit ihm halte ich alles aus. Wir kommen an der Intensivstation an und alte Erinnerung steigen auf. Ein Arzt mit ernstem Gesichtsausdruck. Sein Kopfschütteln. Ich schließe die Augen und atme tief Ques Duft ein. Rauch, Salz, Seife! Es hilft. Mein Drache sieht sich um und steuert einen Warteraum an. Natürlich dürfen wir nicht einfach auf die Intensivstation gehen. Seine Freunde sind in diesem Raum und erheben sich von ihren Sitzplätzen, als sie uns bemerken. Sie wirken extrem ernst, aber ansonsten kann ich nicht in ihren Zügen lesen. Ich bin wie erstarrt, als ich mich plötzlich in einer Umarmung wieder finde. Sie haben mich einfach mit in die Umarmung gezogen und ich muss daran denken, wie Drachen und ihre Freunde sich einander gegenüber verhalten. Haben sie mich jetzt umarmt, weil sie es wollten, oder weil Que mich die ganze Zeit festgehalten hat?
„Schön, dass ihr hier seid.", sagt Aura und klopft mir auf die Schulter. An diesen Umgang untereinander muss ich mich echt noch gewöhnen. Es war schon seltsam mit an zu sehen, wie sie sich bei unserer Rückkehr einfach so umarmt haben. Ich musste daran denken, dass Que schon mal etwas mit Xaron hatte. Nicht gerade angenehm, obwohl ich mir ganz sicher bin, dass zwischen ihnen nichts passieren wird. Etwas hat sich verändert. Vor der Klassenfahrt war ich unsicher und habe gezweifelt. Nach seiner ersten Verwandlung ist es anders. Ich konnte seine Gefühle spüren, als wir uns dabei gegenüber gestanden haben. Jetzt vertraue ich ihm wirklich.
„Sie operieren immer noch.", teilt Xaron mit.

Que knurrt leise und streicht über meine Seite. Ich lasse meine Finger über seine Flügel gleiten, um ihn zu beruhigen. Er seufzt.

Es ist spät, als wir nachhause kommen. Wir haben gewartet bis die Operation beendet war und uns angehört, was die Ärzte gesagt haben. Ich habe verstanden, dass die Operation ganz gut verlaufen, der Junge aber noch nicht über den Berg ist. Er muss noch auf der Intensivstation bleiben. Unter ständiger Beobachtung. Aber die Prognose ist nicht besonders gut. Vielleicht wird er sterben. Ich habe Ärzte so etwas schon einmal sagen gehört. Ich will nicht daran denken. Es soll nicht wieder so etwas vorkommen. Ich will nicht darüber nachdenken. Ich ziehe Que hinter mir her. Wir landen in meinem Zimmer und unsere Kleidung auf dem Boden. Eng umschlungen fallen wir auf mein Bett.
„Löst du jetzt dein Versprechen ein.", knurrt er mir ins Ohr.
Dieser Ton verursacht mir eine heftige Gänsehaut. Sein Raubtierblick bohrt sich tief in mich hinein und es geht mir durch und durch, wie sehr er mich will.
„Vertraust du mir?", frage ich schwer atmend.
„1000.", ist seine knappe Antwort.
„Was?", ich bin verwirrt.
Er lacht.
„1000 Prozent."
„Gibts nicht."
„Für mich auf dich bezogen schon.", seine Stimme ist ein tiefes Grollen.
„Dann mach gar nichts und lass mich machen." Sein Grinsen wirkt fast, als würde er die Zähne blecken. Ich weiß, dass er mich gerade beißen will. „Nicht bewegen." Er knurrt. Es gefällt ihm nicht. „Vertrau mir."
Er legt sich zurück auf die Matratze und seine Lavaaugen sehen mich gierig an.
„Du ahnst nicht was du von mir verlangst.", stößt er knurrend aus.
Ich lache und beuge mich über ihn. Ich streife mit meinen Lippen seinen heißen Mund. Ich küsse seinen Wangenknochen entlang und male mit meiner Zunge kleine Kreise um seinen pochenden Puls am

Hals. Ich spüre wie er immer schneller geht und höre seinen Atem keuchender gehen.
„Dein Herz muss irre schnell schlagen.", sage ich und streiche mit meiner Hand zu seiner linken Brust. Ich fühle seinen rasenden Herzschlag unter meinen Fingern. „Das tut es."
„Tom, ich ...", fängt Que knurrend an.
Ich nehme seine harte Brustwarze in den Mund und stoppe seinen angefangenen Satz damit.
„Liegen bleiben.", verlange ich erneut und blinzele zu ihm hinauf.
Ich wandere seinen Körper mit meinen Lippen hinab. Ihn zu berühren tut jedes Mal gut. Es wird jedes Mal besser. Ich spüre ihn unter meinen Berührungen zittern. Nichts außer Que und mir existiert noch. Die Welt hat aufgehört sich zu drehen. Hier zählen nur wir. So fühle ich mich nur bei ihm. In solchen Momenten weiß ich ganz genau, dass ich diesen Drachen wirklich liebe. Es ist mehr als ich jemals für irgendjemanden gefühlt habe. Meine Hand umschließt seine Männlichkeit. Ich massiere ihn und sein Stöhnen durchdringt meine Gefühlswelt. Unter meinen Berührungen schwillt sein Schwanz weiter an. Ich beuge mich herunter und streiche mit meiner Zunge über seine Eichel. Ich sauge an ihm und nehme sein Glied vollständig in den Mund. Sein Körper glüht. Ich zittere bei seinem erregten Knurren. Ich spüre wie er kommt und schmecke ihn. Ich richte mich auf und blicke auf ihn hinab. Er liegt keuchend da. Nackt und verschwitzt! Sein Körper strahlt eine Hitze aus, die nur von einem Drachen kommen kann und das liebe ich. Ich rutsche nach oben und küsse ihn auf die etwas rissigen, heißen Lippen. Seine Küsse verbrennen mich regelmäßig.
„Darf ich dich endlich berühren?", fragt er dunkel.
„Zuerst werde ich dich ficken.", teile ich ihm mit und merke, dass ihn die Worte an sich schon anmachen.
„Mach.", fordert mein Drache keuchend.
Ich warte nicht ab, bis er vollkommen zu Atem kommt, sondern drehe ihn auf den Bauch. Ich greife nach seinem Hintern. Ich küsse ihn auf das Flügelmuster auf seinem Rücken. Man könnte sie für ein Tattoo

halten, aber sie sehen nie gleich aus und sie pulsieren. Ich fahre die äußere Linie entlang. Que keucht. Meine Finger streichen tiefer, während meine Zunge die Linien seiner Flügel nachmalt. Ich schiebe meine Finger in ihn und weite ihn vorsichtig. Mein harter Schwanz pocht erwartungsvoll, während ich ihn vorbereite.
„Tom, mach endlich.", knurrt er ungeduldig.
Ich ziehe meine Finger zurück und kralle mich in seine Hüfte. Hart ramme ich mich in ihn hinein. Sein Körper flammt in innerem Drachenfeuer auf und ich brenne mit ihm. Wir stehen in Flammen, werden eins und die Hitze wird so viel stärker. Ich halte es kaum noch aus. Wir keuchen und stöhnen gemeinsam. Wir kommen zur gleichen Zeit und unsere Körper beruhigen sich langsam.

Ich bin eng an Que gekuschelt. Wir sind beide verschwitzt und ausgepowert. Er hält mich fest und sicher. In dieser Situation weiß ich mehr warum ich ihm vertrauen kann, als in jeder anderen. Es muss einfach so sein.
„Verlange so etwas nie wieder von mir.", grollt er in mein Ohr, aber er klingt gleichzeitig glücklich.
Ich glaube so kann sich nur ein Drache anhören.
„Was?", frage ich und streiche über sein ausgeprägtes Sixpack.
„Es ist Folter, wenn ich dich nicht berühren darf."
Ich lache. Seine Finger streicheln mich weiter sanft. Ich seufze genießerisch und verzichte auf eine Erwiderung. Das hier will ich nicht zerreden.

22. Quetzal – Krankenhausszenen

Ich würde Tom am liebsten von hier weg bringen. Ich merke deutlich, dass er sich im Krankenhaus nicht wohl fühlt, aber er wiegelt jeden Versuch ab ihn zum gehen zu bewegen. Also stehen wir jetzt hier und sehen durch eine Glasscheibe in ein Krankenzimmer auf der Intensivstation. Wir dürfen nur hier stehen. Nach drinnen dürften nur Angehörige, aber es ist niemand gekommen. Aura hat gesagt, dass

seine Familie Drachen hasst und seine Entscheidung zur Polizei zu gehen nicht gut heißt. Deshalb ist wohl keiner von ihnen hierher gekommen. Dieser Junge, aus einer drachenhassenden Familie, wird also nur von Drachen besucht. Ironisch!
„Hey, Que, uns wurden leider die Dinos abgenommen.", höre ich Xaron sagen und drehe den Kopf zur Tür, durch die er und Aura hereinkommen.
Ich muss grinsen, obwohl die Situation nicht besonders lustig ist. Da kämpft ein Junge immer noch um sein Leben.
„Mit denen könnte er jetzt geh nichts anfangen.", knurrte Aura.
Ihre Stimmung ist eindeutig düster und mein Grinsen verschwindet wieder. Tom sieht mich fragend an. Diesen auffordernden Blick hat er inzwischen richtig gut drauf und ich kann ihn deuten. Wenn es kein Notfall ist, bleibe ich aus seinem Kopf raus. Außer er sieht mich so an. *Was bedeutet Dinos?*, fragt er in Gedanken.
Ich denke daran, was los war, als ich im Krankenhaus war und zeige es ihm. Er kichert, verstummt aber, als Aura ihn anknurrt. Ich blecke die Zähne und grolle sie an: „Knurr meinen Geliebten nicht an."
„Entspann dich.", murmelt Tom.
Aura und ich sehen uns noch einigen Sekunden finster an, dann dreht sie sich zur Scheibe, um ins Krankenzimmer zu sehen. Die Stimmung ist gedrückt. Wir wissen immer noch nicht, ob er es überleben wird.

Ich schüttele raschelnd meine Flügel aus und senke den Kopf zu Tom hinunter. Seine Hände legen sich an meinen Kopf und er drückt mir einen Kuss auf die Nüstern. Ich schließe die Augen bis Marius fragt: „Ihr wollt schon wieder ins Krankenhaus. Das bringt doch nichts."
Ich knurre. Eigentlich hat er recht, aber es gefällt mir nicht. Seit Tagen sind wir immer nach der Schule ins Krankenhaus geflogen. Ich kann nichts tun, aber ich will wenigstens da sein, falls etwas passiert. Selbst wenn ich nichts tun kann. Vielleicht liegt das einfach nur daran, dass niemand sonst sich um den Jungen kümmert.
„Que.", mein Name von Tom ist eine Ermahnung und ich stoße ein Brummen aus.

Geh doch mit deinen Freunden. Ich mach mich alleine auf den Weg., schlage ich vor und begegne direkt seinem skeptischen Blick. *Du solltest deine Freunde nicht wegen mir vernachlässigen. Im Krankenhaus kannst du ohnehin nichts tun. Mach dir einen schönen Nachmittag, mein Engel und gib mir den Rucksack.*
„Bist du sicher?", fragt er laut und seine Freunde sehen verwirrt zu ihm. Sie haben keine Ahnung, dass ich unsere Gedanken verbinden kann. Ist wohl auch besser so. Ich bin der Gedankenleser und das würde ihr Misstrauen nur steigern. Im Gegensatz zu Tom bei mir könnte ich jederzeit in seinen Kopf sehen. Das tue ich nicht und er vertraut mir da, aber seine Freunde würden das nicht. Ich nicke nur, denn ich will nicht, dass er merkt, dass ich ihn gerne an meiner Seite hätte. Ich bin da, selbst wenn es zum letzten Schritt kommt. Seine Freunde werden das nicht, auch wenn ich ihn noch nicht gefragt habe. Das werde ich tun müssen. Spätestens, wenn er darüber nachdenkt, dass ich mehrere tausend Jahre leben werde und er ein Mensch ist. Ich hoffe es wird noch dauern bis er daran denkt. Ich will diese Beziehung unbedingt so stark wie möglich gefestigt haben.
„Ich weiß, dass du mich anlügst." Er neige den Kopf zur Seite. „Aber ich weiß was du meinst." Er stellt mir den Rucksack vor die Pfoten.
Ruf mich an, wenn du mich brauchst. Ich puste ihm meinen heißen Atem entgegen, so dass er seine Haare zerzaust. „Ich liebe dich auch." Oh man! Ich hab mich in den letzten Tagen so oft verwandelt, dass er meine Gesten und alles ziemlich gut anordnen kann. Tom macht einige Schritte nach hinten und ich einen Satz nach vorne. Meine Krallen erwischen den Rucksack und ich schwinge mich in die Luft. Den Weg kenne ich inzwischen in und auswendig. Ich vermissen die angenehmen Hände auf meinen Nackenschuppen, das Gewicht auf meinem Rücken, die Füße an meinen Flügelkanten. Ich speie einen Flammenstrahl mit einem Brüllen quer über den Himmel.

Ich lege meine Hand auf Auras Rücken. Sie sieht übel aus. Als hätte sie seit Tagen nicht geschlafen. Ich mache mir schon seit Tagen Sorgen um sie, aber ich wollte das lieber nicht vor Tom besprechen. Ich finde

dazu müssten sie sich besser kennen. Xarons Hand legt sich unter meine auf ihre Flügel. Unsere Finger berühren sich und ich bin froh, dass Tom das nicht sehen kann. Immerhin war ich so ehrlich ihm zu sagen, dass Xaron und ich schon mal etwas miteinander hatten. Diese Situation wäre nicht wirklich etwas, das unsere Beziehung festigen würde. Vielleicht sogar eher das Gegenteil.
„Das ist schräg und vollkommen unglaublich.", flüstert sie und klingt verdammt gebrochen, fast so als wäre ein Verwandter von ihr betroffen, oder noch heftigeres, wie Tom bei mir.
„Moment!", entfährt es mir bei letzterem Gedanken. „Du meinst jetzt nicht, was ich denke, was du meinst."
„Wenn du an deinen Geliebten denkst, dann hast du wohl recht.", nickt Aura und ich schlinge den Arm um sie, um sie an mich zu ziehen.
„Das ist ein Scherz, oder?", fragt Xaron.
Ich spüre meine beste Freundin mehr den Kopf schütteln, als dass ich es sehe.
„Ich fürchte der absolut unwahrscheinliche Fall ist eingetreten. Ruft die Leute vom Guinessbuch der Rekorde an, wir haben mit nicht mal einem halben Jahr Abstand zwei Mal Drache-Mensch-Blitzen. Kriegen wir jetzt einen Preis?", schnaube ich angriffslustig.
„Entschuldigt. Ich wollte nur sicher gehen.", brummt Xaron.
„Etwas freundlicher ginge auch.", knurrt Aura.
„In diesem Punkt sind einfache Fragen, die einzig richtige Methode.", mache ich meinen Freund aufmerksam.
„Was das angeht seid ihr empfindlich."
„Lapislazuligeblitzt!", sagen Aura und ich zeitgleich.

„Ich muss irgendetwas tun.", stößt meine beste Freundin irgendwann aus und geht auf die Tür, aus diesem Raum hinaus, zu. „Ich hole uns etwas zu trinken.", damit ist sie auch schon verschwunden.
Xaron wartet etwas bevor er mich anspricht: „Dir ist klar, dass es für Aura verdammt schwer wird. Jack stammt aus einer Familie von Drachenhassern. Er war im Umfeld einer solchen Gruppe."

„Zwei Varianten, Bruder.", erwidere ich und lehne mich an die Wand. „Entweder er wird panische Angst vor uns haben, oder voller Wut und Hass reagieren."
„Was es Aura nicht leichter machen wird."
„Vorschläge?"
„Vielleicht könnte dein Geliebter als Mittler auftreten."
„Ich will zuerst wissen, wie Jack drauf ist."
„Wenn die Blitze des Himmels ihn ausgewählt haben, kann er nicht so schlimm sein.", gibt Xaron zu bedenken und ich schnaube. „Was?"
„Fafnir.", ist mein einziger Kommentar.
Ein Knurren ist die Reaktion, die ich dafür bekomme. Wir wissen beide sehr genau was damals mit Fafnir geschehen ist. Eine tödliche Kombination!
„Erwähnen wir das Aura gegenüber nicht.", ich nicke auf Xarons Worte.

Mein Handy klingelt in der dritten Fünfminutenpause.
„Ja, Xar?", melde ich mich.
Tom sieht mich fragend an.
„Jack ist aufgewacht.", höre ich Auras düstere Stimme durch das Telefon.
Sie klingt noch schlimmer als in den letzten Tagen. Ich spanne mich an. Was ist da nur passiert?
„Er hat panische Angst vor uns.", sagt Xaron dann.
„Ist er gefährlich?", frage ich in Erinnerung an unser Gespräch.
„Er kann sich kaum bewegen.", ist die schnippische Antwort und ich kann Aura im Hintergrund bedrohlich knurren hören.
„Ich sehe, was ich tun kann.", verspreche ich und lege auf.
Meine Freunde müssen da gerade wohl etwas klären, wenn ich das Knurren meiner Freundin richtig verstanden habe.
„Was ist passiert?", will Tom wissen und greift nach meinen Händen. Ich streichele über seine Handrücken und atme mehrmals tief ein und aus.
„Aura steckt in Schwierigkeiten.", sage ich und ziehe ihn zu mir.

„Erzähl."
„Lapislazuliblitzen."
„Was doch eigentlich nicht schlimm ist.", gibt mein Geliebter zu bedenken.
Ich drücke ihn fester an mich und teile meine Gedanken mit ihm: *Wenn du panische Angst vor mir gehabt hättest, dann wäre ich vermutlich durchgedreht.*
„Oh.", entfährt es Tom und einige Zeit ist es still zwischen uns. Obwohl wir eigentlich in die Klasse gehen sollten, als es klingelt bleiben wir im Gang stehen. „Kann ich irgendetwas tun?"
„Xaron ist der Meinung, dass du vielleicht mit Jack reden könntest, um ihm etwas von seiner Angst zu nehmen.", berichte ich ihm.
„Weil wir zusammen sind?", fragt er.
„Weil wir Geliebte sind.", nicke ich.
„Dann los.", fordert er mich auf.
„Wir haben noch Schule.", erinnere ich ihn.
Tom schüttelt den Kopf und seine Augen funkeln mich an, als er sagt: „Deine beste Freundin braucht Hilfe. Auf die drei Schulstunden können wir dann auch verzichten. Du schaffst trotzdem die 1,0."
„Ich habe ein fotografisches Gedächtnis, Süßer."
„Das hatten wir noch gar nicht.", fällt ihm auf.
Ich lache und sage: „Alle Drachen haben ein fotografisches Gedächtnis. Deshalb gehen Drachen normalerweise auch nicht auf menschliche Schulen."
„Du langweilst dich also in der Schule?", fragt Tom.
„Ich bin in deiner Nähe. Ich beobachte dich.", grinse ich ihn an. „Und das ist nicht langweilig."
Mein Geliebter nimmt meine Hand und zieht mich mit sich. Offenbar hat er jetzt wirklich vor ins Krankenhaus zu gehen und die letzten drei Stunden zu schwänzen.

Ich drücke die Taste, um hören zu können, was im Krankenzimmer gesprochen wird. Trotz Jacks Verletzungen mache ich mir Sorgen um Tom. Deshalb behalte ich das alles genau im Auge.

„Du bist kein Drache.", sagt Jack und seine Züge entspannen sich etwas. Aber sein Blick taxiert meinen Geliebten. „Aber du riechst nach Rauch."
„Ich bin mit einem Drachen zusammen.", ich frage mich, ob Toms so direkte Art das zu sagen in dieser Situation wirklich hilfreich ist.
„Bist du lebensmüde?", ich knurre, als ich das höre.
Ich würde meinem Geliebten niemals etwas antun. Das ist echt eine miese Unterstellung. Ich balle die Hände zu Fäusten.
„Er würde mir nie etwas tun.", sagt Tom und mein Herz pocht stärker, wegen des tiefen Vertrauens, das aus seinen Worten klingt.
„Das kannst du nicht wissen.", behauptet Jack.
„Doch, weil er mich liebt."
„Sicher.", ich höre den Unglauben aus diesen ironischen Worten heraus.
Tom zieht seine Augen zu Schlitzen zusammen und ich bin sicher, dass seine großen blauen Augen sich dunkel färben, obwohl ich es gerade nicht sehen kann.
„Er lässt mich seine Gedanken hören und dabei kann ich teile seiner Gefühle spüren." Xaron und Aura sehen mich verblüfft an. Die beiden wissen, dass ich durchaus in der Lage bin meine Gefühle aus meinen Gedanken herauszuhalten. „Und ich weiß genau, was ich dabei spüre."
„Selbst wenn Drachen zu solchen Gefühlen fähig werden, was ich bezweifele, ..." Ich merke sofort, wie sich Aura neben mir vollkommen verspannt. Ich balle die Hände zu Fäusten. Im Moment bin ich nicht sicher, ob das hier wirklich eine gute Idee war. „... wäre da immer noch die Tatsache, dass Drachen sehr viel älter als Menschen werden." Definitiv keine gute Idee! „Drachen können mehrere tausend Jahre alt werden."
Ich hätte es eindeutig lassen sollen. Das ist ein Thema über das ich jetzt wirklich noch nicht mit Tom reden wollte. Dinge, die noch Zeit haben sollten. Ohne darüber nachzudenken bin ich bereits auf dem Weg in das Krankenzimmer hinein.

23. Tom – Lügen? Ausraster?

Ich bin erstarrt. Das ist etwas über das ich mir noch nie Gedanken gemacht habe. Nicht seit ich Que kennen gelernt habe. Die Tür, die aufgestoßen wird schreckt mich auf. Que steht im Türrahmen. Mein Magen krampft sich zusammen, als ich ihn so sehe. Seine Augen wirken erschreckend hell, fast völlig orange. Er hat die rechte Hand zur Faust geballt. Ich merke, dass er wütend ist, doch das interessiert mich gerade nicht. Jacks Worte klingen in mir nach. Ich kann nicht anders, als daran zu denken was passieren wird, was passieren könnte. Zeit die vergeht, ich werde älter. Que altert viel langsamer als ich. Irgendwann bin ich alt und er sieht immer noch jung aus. Ich werde zu alt für ihn werden. Er wird mich verlassen. Dann hat er sicher jemand anderen. Verzweiflung, Wut, Eifersucht, ... mir dreht sich alles. Ich will mir das nicht vorstellen. Ich will nicht irgendwann verlassen und ersetzt werden. Que macht einen Schritt auf mich zu, aber ich kann nicht. Wenn ich noch länger mit ihm zusammen bin, werde ich nicht mehr die Kraft haben, um eine Trennung zu überstehen.
„Tom.", sagt er.
„Lass mich.", stoße ich aus.
Das tut plötzlich alles so weh. Ich kann ihn nicht mehr sehen. Ich will ihn nicht mehr sehen. Ich will nur noch vergessen. Ihn vergessen! Am liebsten wäre es mir, wenn er aus meinem Leben verschwinden würde. Im Augenblick jedoch stürme ich einfach nur aus dem Raum. Ich kann die Tür zuschlagen hören und ich höre Que nach mir rufen, aber ich will ihn nicht sehen. Ich kann nicht.

Ich fühle mich vollkommen zerschlagen. Die ganzen Gedanken, das was passieren könnte, würde, waren aufwühlend genug. Der Fußmarsch nachhause war nicht gerade zuträglich, aber ich habe weder Mama noch Papa erreicht und ich wollte nicht mit Que fliegen. Ich will gar nichts mehr mit ihm zusammen machen. Ich will ihn so schnell wie möglich vergessen. Ich unterdrücke ein Aufstöhnen, als ich die Tür öffne und in den Hausflur trete. Que steht im Flur. Er lehnt an der

Wand und scheint auf mich gewartet zu haben. Nicht das auch noch. Ich will nicht mit ihm reden.
„Hallo, Tom.", begrüßt er mich ernst. Seine Augen sind immer noch so hell. Es ist kaum noch etwas von dem Schokoladenton zu sehen, denn ich so liebe. Ich sollte mir eine runter hauen. „Wir sollten wirklich reden."
„Wozu? Was gibt es da zu reden?", ich merke selbst wie resigniert ich klinge, aber in der ganzen Zeit, während ich nachgedacht habe, bin ich zu keinem Ergebnis gekommen. „Die Fakten sind doch eindeutig."
„Tom, bitte.", er klingt echt verzweifelt.
Ich kann ihn verstehen. Ich bin mir sicher, dass er mich liebt. Nur für wie lange? Was ist danach? Wann bin ich zu alt und er sucht sich jemand anderen?
„Was sollen wir noch reden?", ich schreie. Ich sollte das nicht, aber ich tue es doch. „Das bringt doch alles nichts. Du wirst tausende von Jahren alt. Ich bin ein Mensch. Das wird doch nie etwas. Mistkerl." Ich spüre ein Stechen in der Brust. „Du wusstest es ganz genau und irgendwann bin ich für dich nicht mehr attraktiv. Zu alt. Dann suchst du dir jemand anderen und ich bin alleine. Eine Beziehung bei der ich das schon voraussehen kann ist ganz bestimmt nicht das was ich will, also lass mich in Ruhe."
„Das ist nicht wahr.", diese Worte brennen ziemlich in meinen Ohren. Er soll mich nicht auch noch anlügen. „Das ist nicht wahr."
„Hör auf.", brülle ich und meine Stimme überschlägt sich dabei. Ich schaffe es nur mit Mühe die Tränen zurück zu halten. Que soll jetzt nicht auch noch mitkriegen, wie sehr mich das alles trifft. Ich versuche mich an ihm vorbei zur Treppe nach oben zu drängeln. Seine Hände fassen nach meinen Handgelenken und er wirbelt mich herum. Ich spüre die Wand in meinem Rücken und mein Herz schlägt wie irre, weil er mir so nah ist. Sein würzig-rauchiger Geruch macht mich schon wieder schwindelig. Heiße Lippen brennen einen Kuss in mich hinein und schmelzen alle Gedanken weg. Für einen Moment zumindest. Dann fällt mir wieder ein was eigentlich los ist. Ich wehre mich. Natürlich könnte ich mich nicht befreien, wenn er es nicht zulassen

würde. Drachen sind verdammt stark. Doch Que lässt mich los, als ich anfange mich zu wehren. Ich spüre die Tränen auf meinen Wangen, als ich an ihm vorbei, die Treppe hinauf und in mein Zimmer stürme. Das Dröhnen der zuschlagenden Tür klingelt in meinen Ohren. Ich drehe den Schlüssel herum.
„Tom, es gibt eine Möglichkeit.", höre ich Ques Stimme durch die geschlossene Tür.
„Hör auf." Es klingt nicht mehr ganz so laut wie zuvor. Ich weiß, dass er nur lügt, weil er mich liebt. Weil er will, dass ich bei ihm bleibe. Aber ich kann das nicht hören. „Lass mich in Ruhe." Ich presse die Lippen für einige Sekunden zusammen. Dann schreie ich: „Ich will dich nie wieder sehen."
Plötzlich ist es ganz still.

Que hat uns nur eine Nachricht hinterlassen, dass er bei einem Freund sei. Zwei Tage lang ist er nicht in der Schule aufgetaucht. Mama hat mit dem Drachenorden telefoniert. Es scheint ihm zumindest gut zu gehen, aber es ist nicht gerade gut, dass er die Schule schwänzt. Auch das Wochenende über haben wir ihn nicht zu Gesicht bekommen. Haben ihn meine Worte wirklich so sehr getroffen? Jetzt ist Montag, wieder Schule und mir geht es immer noch nicht besser. Ich frage mich die ganze Zeit, ob es nicht vielleicht besser für mich wäre zumindest für einige Zeit mit Que glücklich zu sein. Wenn ich aber an die Konsequenzen denke, ist der Schmerz so stark, dass ich es einfach nicht kann.
„Tom.", ruft Marius nach mir. Meine Freunde kommen auf mich zu.
„Hast du es schon gesehen?"
Ich bin verwirrt. Erst jetzt bemerke ich die vielen Blicke, die mir von den anderen Schülern zugeworfen werden.
„Ich fürchte, ich habe etwas verpasst.", bemerke ich, aber besonders enthusiastisch klinge ich definitiv nicht.
„Gucks dir an.", fordert mein bester Freund mich auf und ich sehe auf sein Smartphone, auf dem ein Video zu laufen beginnt.

Es ist etwas verwackelt. Vermutlich ein Handyvideo. Die Erkenntnis verblasst, als ich das Geschehen beobachte. Ein Mann, vielleicht 30 Jahre alt, läuft gehetzt über den Parkplatz des Krankenhauses, in dem Jack liegt. Ich war oft genug dort. Mir verschlägt es förmlich den Atem, als ich Que im Bild auftauchen sehe. Es sieht aus, als verfolge er den Mann. Mitten in der Aufnahm verwandelt er sich. Ich kenne das Bild. Seine Kleidung landet zerfetzt am Boden. Wenn er sich darum nicht schert, muss er echt sauer sein. Seine Flügel sind leicht gespreizt, als er einen gewaltigen Satz nach vorne macht. Er landet direkt hinter dem Flüchtenden. Sein Schwanz peitscht ihm die Beine weg. Ich kann kaum atmen. Das ist doch nicht der Que, den ich kenne, den ich liebe. Was ist da nur los? Seine Pranken greifen nach dem Mann und mit einigen Flügelschlägen erhebt er sich mit ihm in die Luft. Kurz kann ich ihn noch am Himmel sehen, dann endet das Video. Verdammt! Selbst ein Drache wie Que kann sich bei so einem Video nicht mehr herauswinden. Mir ist schlecht.

Zwei weitere Tage sind vergangen. Que ist immer noch nicht wieder aufgetaucht. Das Video von ihm läuft inzwischen immer wieder durch die Nachrichten. Die Polizei sagt, dass sie nichts machen könne, aber mehr wird nicht verraten. Zu unserer Überraschung war kein einziger Polizist bei uns, um uns zu verhören. Ich fühle mich echt mies. Nicht nur, weil ich Que so vermisse, sondern auch weil ich mir mehr Gedanken darum mache wie es ihm geht, als darum was mit seinem Opfer geschehen ist. In diesen zwei Tagen ist mir ziemlich deutlich bewusst geworden, dass ich ihn selbst dann noch lieben würde, wenn er den Mann in Stücke gerissen hätte. Selbst die Drachen wissen im Moment nicht mehr wo er ist. Quetzal ist spurlos verschwunden!

… Fortsetzung folgt!!!

Nähere Informationen zu Hannah Bergauf und ihren Büchern finden Sie hier:

Website: http://hbergauf.wixsite.com/autorin

Facebook: https://www.facebook.com/Hannah-Bergauf-135430103563356/

Amazon-Autorenseite: https://www.amazon.de/Hannah-Bergauf/e/B01JVWKRBO/ref=sr_ntt_srch_lnk_1?qid=1476547278&sr=1-1

Kontaktdaten:

Kontaktformular auf der Website

E-Mail: h.bergauf@gmx.de